Michael Marshall Smith est le prodige britannique de la littérature de genre : il a fait éclater la SF avec *Avance rapide* ou *Frères de chair* avant de s'imposer comme l'un des grands maîtres du thriller et de la terreur avec *Les Hommes de paille*, *Le Sang des anges* et *Les Intrus* qui trustent les listes de meilleures ventes en France et dans le monde entier. Habitué des prix littéraires, il a également vu les droits de deux de ses romans achetés par Steven Spielberg. Il vit à Londres, avec sa femme et son fils.

Du même auteur, aux éditions Bragelonne :

Avance rapide (2002)
L'homme qui dessinait des chats (2008)

Du même auteur, chez d'autres éditeurs :

Frères de chair (1996)
La proie des rêves (1998)
Les Hommes de paille (2002)
Les Morts solitaires (2004)
Le Sang des anges (2005)
Les Intrus (2007)

www.milady.fr

Michael
Marshall Smith

Les Domestiques

Traduit de l'anglais (Grande-Bretagne) par Julien Simon

Milady

Milady est un label des éditions Bragelonne

Titre original : *The Servants*

Illustration de couverture :
Anne-Claire Payet

ISBN : 978-2-8112-0098-5

Bragelonne – Milady
35, rue de la Bienfaisance - 75008 Paris

E-mail : info@milady.fr
Site Internet : http://www.milady.fr

Pour M.R.S. et en mémoire de W.P.

Si l'on vit assez longtemps, tout finit par arriver. Alors qu'elle remontait la dernière parcelle de trottoir en direction de la maison, la vieille dame sentit le froid la saisir. Pas tellement en surface. Son épais manteau, son écharpe et son chapeau remplissaient leur office contre la bise, aidés en cela par l'effort qu'elle avait mené pour marcher le long de la plage glaciale. Mais à l'intérieur. Plus on vieillit, plus les os se refroidissent. Comme s'ils se pétrifiaient lentement, se préparant pour le jour inopiné – ou la nuit inévitable – où on essaie de remuer les membres et qu'on les découvre inertes à jamais. Il n'y a alors plus rien d'autre à faire que d'attendre que quelqu'un nous ferme doucement les yeux. Le corps se résigne à la vieillesse, il n'a jamais espéré durer pour toujours. L'esprit, lui, n'a pas cette conception, et n'a aucune considération pour le temps.

Malheureusement, le corps l'emporte presque toujours.

Elle fit une pause au sommet de l'escalier qui descendait à son appartement et regarda la mer derrière elle, se remémorant l'époque où elle dévalait la plage de galets pour plonger dans les vagues. Elle n'avait pas toujours été vieille, bien entendu, pas plus qu'elle n'avait toujours été une dame, à dire vrai. L'âge pourtant est un excellent camouflage; il transforme en espions – agents dormants profondément infiltrés en territoire ennemi – ceux qui s'en revêtent. Impossible d'imaginer que la personne enveloppée dans ce papier de soie pâle et sec ait pu en son temps transpirer, et crier, et courir, qu'elle puisse connaître des secrets encore à découvrir pour de plus jeunes qu'elle. Quant aux jeunes eux-mêmes, avec leur allure dégingandée et leurs airs avides de prédateurs, qui semblent incapables de voir plus loin que le bout de leur nez, ils ont encore plus de mal à l'envisager. Pas tous, évidemment, et pas tout le temps. Mais la majorité.

Finalement la vieille dame se détourna de la mer et entama la descente des marches.

Elle se glissa dans son petit appartement en sous-sol, un endroit qu'elle avait si longtemps habité qu'il lui était parfois difficile de se rappeler qu'elle ne faisait pas corps avec. Elle n'avait cependant jamais oublié quelle chance elle avait de le posséder, au regard de ses contemporains (ceux qui étaient encore vivants du moins) qui avaient troqué une vie d'indépendance et de patrimoine accumulé pour une cellule quelconque dans une maison de retraite, entourés d'étrangers maussades ; dépouillés de tout, sauf de leurs souvenirs qui avec le temps finissaient par sembler plus réels que le présent ; condamnés à boire du thé jamais préparé comme ils l'aimaient, supportant le vote à la majorité pour le choix de la chaîne de télé.

Oui, son appartement était minuscule. Mais c'était le sien.

Elle alluma le poêle électrique sitôt qu'elle fut à l'intérieur. Elle savait aussi qu'elle avait de la chance de se sentir en si bonne forme : ses douleurs et ses peines s'évaporaient en général dans le courant de la nuit, au pire au bout de quelques jours. Chanceuse, mais pas seulement. On n'atteint pas cet âge sans apprendre certaines choses, sans entrevoir la façon dont le monde tourne – à supposer qu'on garde ouverts les yeux et les oreilles, ce qu'elle avait toujours fait.

Elle avait compris que toute vie impliquait des transactions et des échanges, et elle avait depuis peu commencé à croire que de nouvelles choses pouvaient être encore vues et entendues.

Récemment, au cours des dernières semaines, elle s'était de temps en temps trouvée incommodée. Elle s'était réveillée pendant la nuit, comme dérangée par un mouvement brusquement interrompu. Consciente du poids de la maison au-dessus d'elle, comme un nuage noir gorgé de pluie. Convaincue que, juste au-dessous du seuil de l'audible, quelqu'un avait haussé la voix.

Des idées aussi stupides les unes que les autres. Elle l'espérait, du moins. Car il serait autrement plus difficile de croire que l'une d'entre elles annonçait de bonnes choses.

Au bout de quelques minutes, la pièce s'était réchauffée progressivement, la vieille dame retira son manteau et l'accrocha avec soin sur le crochet au dos de la porte. Où que l'on vive, l'idée est de savoir comment y vivre : il suffisait de demander à n'importe quel escargot. Elle sortit de la poche de son manteau un sac en papier kraft contenant la collation qu'elle prenait habituellement en fin d'après-midi. Rythme, ordre, rituel. Les gens âgés et les jeunes enfants comprennent l'importance de ces choses. C'est seulement pendant les années intermédiaires que les gens pensent qu'ils peuvent échapper aux structures de la vie. Ils ne comprennent pas à quel point cette apparente liberté les emprisonne dans un ici et maintenant permanent.

Elle prit une assiette dans le petit placard au-dessus de son évier. Elle fronça légèrement les sourcils et hésita avant de la reposer. Elle était froide au toucher. La pièce ne se réchauffait pas aussi vite que d'habitude.

Elle resta un moment près du plan de travail, écoutant le son des pas sur le trottoir au-dessus de sa fenêtre alors qu'ils passaient devant la maison, empruntant les rails de leur propre existence. Les pas semblaient à la fois lointains et pourtant bruyants comparés au silence dans la pièce, qui semblait devenir de plus en plus profond.

Quelque chose était en route. Elle en était de plus en plus persuadée.

Elle mit la bouilloire en marche afin de se préparer une tasse de thé.

Une demi-heure plus tard, confortablement installée dans son fauteuil et rassasiée de gâteau, elle se sentit somnolente. Elle n'y voyait aucun inconvénient. La pièce était agréable et désormais réchauffée. Reposer ses yeux pendant quelques minutes était une manière comme une autre d'attendre de voir ce qui allait se passer.

Si l'on vit assez longtemps, tout finit par arriver.

Et ensuite, certaines de ces choses arrivent encore.

Première partie

Chapitre premier

Mark s'assit sur un banc de galets et observa les couleurs changer progressivement au-dessus de la mer. L'après-midi avait été lumineux et clair, et le ciel dur, éclatant et métallique. Une ligne rose avait maintenant fait son apparition le long de l'horizon. Tout commençait à s'assombrir petit à petit. Les nuages se désagrégeaient un par un pour s'étendre lentement et gagner sur le reste du ciel. Il était seulement un peu plus de 16 heures, mais le jour touchait déjà à sa fin. Il finissait, et la nuit commencerait bientôt.

D'habitude, Mark pensait qu'on ne pouvait pas s'asseoir longtemps sur les pierres avant d'avoir mal aux fesses. Ce jour-là, il n'avait pas l'air d'y faire très attention. Probablement parce que tout le reste de son être était douloureux. Certains membres faisaient un peu mal, d'autres beaucoup plus. Ils le faisaient tous souffrir d'une manière plus ou moins différente. Il avait découvert, après des essais intensifs, que faire du skateboard n'était pas aussi simple que ça en avait l'air.

Il possédait sa propre planche depuis presque un an – c'était une des dernières choses que son père lui ait offertes – mais Mark n'avait pas eu l'occasion d'apprendre à s'en servir durant la période où ils étaient revenus à Londres. Il y avait eu trop de pagaille, trop de nouvelles choses à gérer. Cela n'avait pas semblé très important au regard de tout le reste. Mais quand ils étaient revenus vers la côte dans la voiture de David – Mark, sa mère, et David bien sûr – il avait fait tout le trajet avec le skateboard sur les genoux. Une forme de protestation silencieuse dont il n'était pas certain qu'elle avait été comprise, ni même remarquée. Et depuis maintenant trois semaines, Mark s'évertuait à apprendre à un bout de bois (avec des roues) qui était le patron.

Jusque-là, le bout de bois gagnait.

Mark était déjà venu à Brighton, lors de longs week-ends avec sa mère et son vrai père. Il connaissait plutôt bien le bord de mer. Il y avait une promenade le long de la plage, à environ douze mètres en contrebas de la route, et de grandes étendues où on pouvait marcher, faire du vélo et du roller ; comme pour dissimuler le fait qu'il n'y avait pas de sable sur la plage, seulement des galets, et qu'on ne pouvait donc pas faire grand-chose à part s'asseoir et regarder les vagues et les embarcadères, en ajustant sa position dès qu'elle devenait inconfortable. Il y avait des cafés et des bars disséminés tout du long, ainsi qu'une grande pataugeoire et un terrain de jeu. Mark avait onze ans, et il était maintenant bien trop vieux pour ces deux dernières attractions. Il avait pourtant été stupéfait de découvrir que la piscine avait été vidée pour l'hiver, et le bruyant chaos estival du terrain de jeu remplacé par quelques mères antipathiques qui serraient leurs cafés entre leurs paumes, tandis que leurs enfants, habillés comme de petits Bibendums Michelin couleur de terre, étaient vaguement ballottés de haut en bas. Traverser le terrain de jeu, c'était un peu comme traverser un grand magasin le soir, une fois que les portes étaient closes et la plupart des lumières éteintes : on voyait seulement quelqu'un tout au fond, occupé à bidouiller quelque chose avec la caisse, ou à arranger une pile de bouquins, comme un fantôme obsédé par l'ordre.

Mark avait donc passé pas mal d'après-midi, et quelques matinées, sur un bout de la promenade où il n'y avait rien, à part une étendue de goudron large et plate. Autrefois, cet endroit avait accueilli la première piscine pour les petits, lui avait-on dit, construite quand le bord de mer était très à la mode. Mais elle était devenue vieille et dangereuse. Ou bien elle s'était tout simplement décolorée, avait dit la mère de Mark. Elle avait donc été bétonnée et remplacée. D'autres garçons traînaient souvent dans le coin. Ils étaient un peu plus vieux que Mark, et certains avaient construit des rampes amovibles. Ils filaient de haut en bas sur leurs planches, faisant de petits sauts, et quand ils arrivaient à atterrir en un seul morceau, ils se répandaient en larges arcs glissants, boucles triomphantes beaucoup plus amusantes à exécuter que les difficiles figures. Mais Mark comprenait qu'on ne pouvait pas avoir l'un sans l'autre. Les garçons tombaient souvent aussi. Mais pas aussi souvent que lui, et pas aussi douloureusement. Mark tombait en essayant simplement de tenir debout sur le bidule, sans même essayer de jouer au plus malin.

Beaucoup des garçons avaient déjà l'air de se connaître, et ils s'égosillaient en regardant leurs copains : des encouragements quelquefois, mais le plus souvent ils riaient, criaient des gros mots et essayaient de donner le change aux autres. Mark se rendit compte que ça se passait comme ça entre copains quand on était un garçon, mais lui n'avait aucun copain après qui crier. Il ne connaissait personne ici. Il poussa son skate en silence, et il tomba aussi comme ça.

Lorsque le ciel se fit plus ombre que lumière, il se leva. Les galets crissèrent bruyamment sous ses pieds et ses mains. Il était temps de rentrer chez lui – ou de revenir à la maison, peu importe ; l'endroit où ils semblaient habiter désormais. Une maison qui appartenait à David, et qui ressemblait à tout sauf à un chez-soi.

De là où il se trouvait, Mark pouvait voir la longue enfilade de bâtiments de l'autre côté de Hove

Lawns, et la route encombrée du bord de mer. Ces constructions se ressemblaient toutes et s'étendaient sur près de six cents mètres. Elles faisaient chacune quatre étages, et avaient été construites environ deux cents ans auparavant. Elles étaient faites pour avoir l'air identiques les unes aux autres, et étaient peintes de la même couleur : une espèce de jaune pâle, la couleur des pâtes fraîches. Apparemment on appelait ça le « crème Brunswick ». Elles devaient toutes être peintes de cette façon, parce qu'elles étaient vieilles et que c'était la loi. La maison dans laquelle Mark vivait était à mi-chemin de la partie est de la place de Brunswick, plantée au milieu de l'enfilade de bâtiments. Au milieu de la place, il y avait un grand carré d'herbe entouré d'une grande haie ornementale, le tout déclivant depuis la route afin que toutes les maisons puissent avoir une belle vue sur la mer. Mark n'avait jamais vu grand monde dans le parc au milieu de la place. C'était presque comme s'il n'était pas fait pour qu'on s'y promène.

Lorsqu'on regardait le long de la côte, sur la droite, les bâtiments changeaient. Ils devenaient plus petits, plus variés et, encore un peu plus loin, certains étaient complètement différents et pas vieux du tout. Quelques grandes constructions en béton, deux vieux et grands hôtels (un rouge et un blanc) et ensuite le cinéma, qui avait l'air d'avoir été construit dans le noir par quelqu'un qui n'aimait pas trop les bâtiments en général. Enfin, c'était ce que disait

David. Du coup, Mark trouvait les contours de ce bloc rectangulaire et informe plutôt agréables. On pouvait y voir des films, bien entendu, mais Mark n'avait pas le droit. Il était seulement autorisé à aller sur le front de mer, dans la zone délimitée par les constructions jaunes. Et il avait obtenu la permission de s'y rendre seul, après avoir refusé d'arrache-pied de rester toute la journée à la maison, et après avoir supporté un long sermon au sujet des conversations avec les étrangers. Mark s'était contenté de regarder fixement David tout du long, en espérant que le gars comprendrait qu'il était un étranger aussi, d'après ce que Mark pouvait en dire – mais il n'avait pas compris.

Il commençait à faire très froid, mais Mark n'entama pas la remontée vers la promenade. Il resta un peu plus longtemps à la limite entre mer et terre, souhaitant juste ne pas être là. Il avait aimé Brighton avant, du temps où il venait avec sa mère et Papa, et qu'ils descendaient dans un hôtel moderne, plus bas après le cinéma. Sa mère avait passé des heures à fureter du côté des Passages – le quartier vraiment vieux aux rues étriquées et tordues – où la plupart des boutiques vendaient des bijoux. Ils avaient passé de longues heures sur l'embarcadère – le gros, le plus récent, avec toutes les promenades, pas le vieil embarcadère Ouest en ruine, plus près de la place de Brunswick, que quelqu'un avait incendié quelques années auparavant. Plus d'une fois, même. Mais désormais, ils vivaient dans la maison de David. Et tout ce que Mark pouvait voir, c'était la façon dont la ville s'enfonçait vers la mer puis s'arrêtait.

Londres ne s'arrêtait pas. Londres continuait plus ou moins pour toujours. C'était une bonne chose à faire, pour une ville. C'était une bonne chose pour tout en général, sauf pour les visites au musée, pour le mal de dents, ou pour les rhumes. Pourquoi les choses continuaient-elles pendant un temps puis s'arrêtaient ? Comment s'arrêter pouvait-il être une bonne chose ? Brighton avait abandonné : c'était intéressant et amusant pendant un temps et ensuite, on se heurtait à la plage et il n'y avait que des galets. Puis les galets s'arrêtaient, et se changeaient en mer. La mer était différente. La mer n'en avait rien à faire de ce qu'on voulait. La mer n'était intéressée par rien d'autre qu'elle-même, et elle s'en fichait pas mal de tout le monde.

Mark observa les étourneaux qui s'envolaient le long du rivage, mettant le cap sur l'embarcadère Ouest, puis il reprit le chemin de la maison.

Chapitre 2

Le temps que Mark remonte le chemin et le trottoir qui cerclaient la place, il faisait presque nuit. Il devait l'admettre, c'était joli comme ça, avec les lumières qui s'allumaient dans les autres maisons.

Lorsqu'il parvint à la maison de David, il remarqua également une autre lumière.

Le bâtiment dans lequel ils habitaient était aussi haut que les autres : trois grands étages au-dessus du niveau de la rue avec un autre un peu plus ramassé, tout en haut. À droite du large escalier qui conduisait à la porte d'entrée, il y avait un petit escalier en colimaçon qui menait en dessous. Fait d'un métal qui avait été plus d'une fois peint en noir, il était maintenant gagné par la rouille. Résultat d'une longue bataille perdue contre l'air salé, comme pour tout le reste sur le front de mer.

Au pied de cette cage d'escalier s'étendait une cour minuscule en sous-sol – d'environ trois mètres de large sur trois mètres de long – ainsi qu'une autre porte, sous les escaliers de la maison principale. Il y avait une fenêtre sur la façade – une version réduite de la grande fenêtre en arche au-dessus – occultée par des rideaux en dentelle. On ne pouvait donc rien voir de ce qui se passait à l'intérieur. Une autre personne vivait ici, apparemment. Une vieille dame.

David, qui aimait tout expliquer – comme la sonorité parfois bizarre de son accent, parce qu'il avait vécu pendant longtemps aux États-Unis –, avait dit que même s'il possédait toute la maison, le sous-sol était un appartement indépendant dans lequel il n'était jamais entré. La femme qui y vivait était là depuis des années, des années, et des années : il avait donc accepté qu'elle reste. Mark n'avait jamais eu aucune preuve tangible du fait que quelqu'un vivait ici, et il s'était à moitié demandé si toute cette histoire n'avait pas été qu'un mensonge pour le tenir à l'écart de cette partie de la maison.

Mais ce soir-là, on voyait une lumière derrière les rideaux, pâle et jaune, comme si elle n'était diffusée que par une unique lampe équipée d'une ampoule de faible puissance.

Il entra dans la maison principale avec ses clés. Le hall d'entrée était froid et dépouillé. David avait fait peindre tout l'intérieur en blanc avant qu'ils partent de Londres. Il n'avait jamais vécu là lui-même. Il avait acheté la maison six mois auparavant, avec l'argent qu'il avait gagné quand il était aux États-Unis à faire on ne sait quoi d'ennuyeux.

Mark ferma la porte très doucement derrière lui. Mais pas assez doucement.

— Mark ? C'est toi ?

La voix terne et dure de son beau-père résonna dans la grande cage d'escalier qui menait à l'étage. Mark déposa son skateboard dans la pièce qui lui servait de chambre, à droite dans le couloir, puis monta lentement l'escalier.

— Ouais, répondit-il.

Qui ça pouvait bien être ?

La chambre de sa mère était au deuxième étage, le plus haut niveau actuellement habité. Les deux étages du haut étaient fermés et servaient de débarras : des pièces sans moquette, nues, et dont le chauffage ne fonctionnait pas. Mark avait dans l'idée que David n'avait pas assez d'argent pour en faire quelque chose dans l'immédiat.

Sa mère se trouvait dans la pièce de devant lorsqu'il entra.

— Bonjour, chéri, dit-elle. Comment s'est passée ta journée ?

Elle était sur le canapé, qui avait été placé au centre de la pièce, celle avec une grande baie vitrée qui donnait sur la place. Elle était enveloppée dans une épaisse couverture. Dans le coin, la télévision était allumée mais le son avait été coupé.

Au début, il avait été question de faire de cette pièce la chambre de Mark. Mais peu de temps après leur arrivée, il était devenu évident que sa mère éprouvait des difficultés avec les marches. Elle avait besoin d'un endroit pour passer du temps à cet étage, parce que ça la rendait folle de rester dans la chambre toute la journée. Mark avait donc fini par se retrouver dans la pièce en dessous, qui aurait dû être un salon. Il s'en fichait, car sa mère avait besoin que les choses soient ainsi, mais il avait toujours l'impression de camper.

Mark embrassa sa mère sur la joue. Il essaya de se rappeler combien de jours s'étaient écoulés depuis qu'elle avait quitté la maison. Cette pièce était jolie, au moins. Il y avait quatre ou cinq lampes, toutes allumées, et les seuls tableaux de la maison se trouvaient sur ses murs.

Elle lui sourit.

— Des progrès ?

— Un peu, hésita-t-il.

Mais sa mère lui avait enseigné l'honnêteté, et il tourna ses paumes pour lui montrer les écorchures.

— Pas beaucoup.

Elle grimaça. Mark remarqua que les rides autour de ses yeux, qui n'étaient pas là six mois auparavant, paraissaient un peu plus profondes, et qu'il y avait un peu plus de cheveux gris dans son épaisse et luxuriante chevelure châtaine.

— Ça va, dit-il. J'y arriverai.

— Bien sûr que tu y arriveras, dit une voix.

Avec son regard habituel, David sortit de la chambre de sa mère. Il était mince et un peu plus grand que la moyenne. Il portait un pantalon en lin parfaitement repassé et une chemise en jean, comme d'habitude. Son nez était rectiligne. Ses cheveux pendaient mais étaient d'une manière ou d'une autre bien coiffés. Il ressemblait – à en croire un ami de Mark à Londres, dont l'oncle travaillait dans la Bourse et qui avait une certaine expérience de ces choses-là – à quelqu'un pour qui chaque jour était un paisible vendredi. Il ne ressemblait pas du tout au vrai père de Mark. Son père avait les cheveux courts, il était solidement bâti et il portait en permanence des jeans et des tee-shirts. D'une manière générale, il ressemblait à quelqu'un avec qui on n'avait pas envie de se battre.

David essuyait ses mains dans une petite serviette. Mark trouva ça agaçant.

— Voyons voir, dit-il en penchant sa tête vers Mark.

— Juste une égratignure, marmonna le garçon sans lui montrer. Qu'est-ce qu'on mange ? Est-ce qu'on peut commander chez *Wo Fat* ?

La question avait été adressée directement à sa mère, mais David s'accroupit pour lui parler. C'était une chose curieuse à faire : il avait du coup l'air beaucoup plus petit que Mark. Et Mark n'était pas un petit enfant.

— Ta mère n'a pas très faim, dit David avec la voix qu'il prenait pour dire des choses comme ça, et aussi pour tout le reste. Je suis allé au supermarché tout à l'heure. Il y a des trucs froids au frigo. Peut-être que tu peux te trouver quelque chose ?

— Mais…, protesta Mark.

Ce qu'il voulait dire, c'était qu'il avait déjà fait ça la veille, et aussi le soir d'avant, sans parler des déjeuners. Et aussi que commander de la nourriture chez *Wo Fat* – un restaurant chinois sur la route Ouest – était une tradition lorsqu'ils descendaient à Brighton, même si ce rituel impliquait plutôt le vrai père de Mark, pas David.

Mark croisa néanmoins le regard de sa mère et n'en fit rien. Elle lui sourit encore, et haussa les épaules.

— Désolée, dit-elle. Peut-être demain, d'accord ?

Mark acquiesça, ne se sentant pas le courage de parler. Il était furieux après David d'avoir mis sa mère dans cette situation, d'avoir fait en sorte que ce soit elle qui demande pardon. Mark savait très bien pourtant que c'était David qui n'approuvait pas le fait de commander. Son beau-père pensait que sa mère ne devait manger que des choses très saines. C'était David qui… *ne comprenait pas*.

Il ne comprenait rien. Il n'avait rien à faire là.

— Voilà, peut-être demain, reprit David, sans conviction. Qui sait, peut-être que nous pourrions même aller dîner dehors ?

Mark s'assit sur le canapé et parla un moment avec sa mère, puis ils regardèrent la télévision ensemble. Elle déplaça la couverture pour qu'ils puissent tous les deux s'en couvrir. Et c'était bien, même si David rôdait derrière à faire ce qu'il faisait toujours.

— Tu dois commencer à avoir faim, non? demanda son beau-père au bout d'une demi-heure.

Mark se retourna pour le dévisager. Sa mère avait l'air fatiguée, et Mark savait ce qui était sous-entendu. Mais ce n'était pas à lui de partir, et Mark voulait qu'il s'en rende compte. David lui rendit son regard, sans ciller.

Mark marmonna un « Bonne nuit » et descendit. Une fois dans la cuisine il se prépara un sandwich au jambon. Il ajouta quelques cookies sur l'assiette, puis il emporta le tout dans « sa » chambre, en partant avec le dernier Coca Light.

Il n'y avait pas de moquette sur le sol de sa chambre, et rien sur les murs. Et il n'y faisait pas terriblement chaud. La fenêtre à guillotine ne fermait pas très bien et cliquetait quelquefois pendant la nuit.

Il s'assit, une couverture passée sur les épaules, et regarda sa petite télévision pendant deux heures. Mais il se sentit vite fatigué: après un autre long après-midi à chuter de son skateboard, il alla se coucher.

Lorsqu'il rêvait, c'était de revenir dans la maison à Londres. Même si cette maison était bien plus petite que celle de Brighton, elle avait été un vrai foyer. L'endroit où il était né, où il avait grandi, où ses amis étaient venus le voir, où il avait attendu le Père Noël chaque année – même après que son père lui avait expliqué que de telles choses n'existaient pas.

Mark rêva qu'il se trouvait dans le jardin, et qu'il tapait dans un ballon avec son père. Ils couraient tous les deux, se renvoyant la balle à tour de rôle, de plus en plus vite. Mark était meilleur que ce qu'il avait jamais été, s'arrangeant toujours pour renvoyer les passes de son père, récoltant de larges sourires, des rires et des cris de contentement lorsqu'il envoyait la balle en l'air. Ils se mettaient à haleter tous les deux, à bout de souffle. Mais ils essayaient de ne pas le perdre. Ils savaient que des forces étaient maintenant à l'œuvre au-dessus d'eux, quelque chose qui échappait à leur contrôle, si bien qu'ils devaient continuer à jouer tant qu'ils le pouvaient : peu importait à quel point ils étaient fatigués.

Puis le père de Mark envoya le ballon dans une direction complètement inattendue.

Ils avaient jusque-là fait en sorte que ce ne soit facile ni pour l'un, ni pour l'autre. Mais son père l'avait au moins envoyé là où Mark avait une chance de le rattraper. Le dernier tir était une passe qu'il ne serait *jamais* capable d'intercepter. Le ballon fila droit derrière la clôture, empruntant une trajectoire basse, molle et bizarrement lente. Il vola silencieusement, disparaissant dans un crépuscule qui était tombé subitement et qui pourtant donnait l'impression d'avoir toujours été là. Mark tourna la tête pour regarder le ballon, se demandant s'il serait capable de le retrouver. Mais il regardait aussi parce qu'ainsi, il n'avait pas à contempler le visage de son père. Il avait peur d'y lire que ce coup de pied n'était pas un accident, et que son papa avait délibérément envoyé la balle par-dessus la clôture.

Mark attendit le bruit de l'atterrissage – le ballon qui aurait heurté une fenêtre, ou au moins le sol – mais celui-ci ne vint jamais.

Quand il finit par se retourner, il vit que son père était parti. Qu'il aurait pu ne jamais avoir été là, en fait. Mark n'était plus dans le jardin de la vieille maison, mais sur la promenade du côté du front de mer, à Brighton, près d'un de ces superbancs qui avaient des murs de métal ouvragé, et un toit, et des places de tous les côtés pour s'asseoir. Il faisait noir, et il était seul. Il n'y avait rien à voir ou à entendre, à part le bruit de la mer.

Puis Mark comprit qu'il était plus couché que debout, et qu'il n'avait presque pas assez froid pour quelqu'un qui était descendu près de la mer au beau milieu de la nuit. Que le son qu'il avait interprété comme celui de la mer était en fait le brouhaha du trafic au loin sur la route, perçu à travers une fenêtre. Il comprit qu'il était en réalité dans son lit, dans la maison de David. La pièce était très sombre, à l'exception d'un mince rai de lumière pâle qui s'infiltrait depuis un réverbère dehors, sur la place, à travers les rideaux écartés. Même s'il ne faisait pas aussi froid que sur la plage, il était loin de faire chaud. Il se pelotonna dans son pyjama, en chien de fusil, faisant face à la pièce.

Alors qu'il était sur le point de sombrer de nouveau dans le sommeil, il crut entendre un autre bruit. On aurait d'abord dit un battement d'ailes, faible et distant. Puis il se rendit compte qu'il s'agissait de gens qui parlaient quelque part. Au moins deux voix, peut-être plus. Il se demanda s'il s'agissait de sa mère et de David, à l'étage. Mais il devait être très tard déjà, sûrement plus de minuit. Sa mère avait besoin de beaucoup de sommeil, en ce moment. Ce n'était pas une bonne chose si elle était réveillée à cette heure-ci.

Il entrouvrit les yeux.

Et il vit quelque chose passer devant son visage.

Cela avait duré à peine une seconde : quelque chose qui ressemblait au dos d'une main était passé le long du lit, à quelques centimètres à peine de sa tête. Un son proche d'un froissement de tissu.

Puis il entendit des bruits de pas. Ils auraient pourtant dû provenir d'au-dessus, mais le son évoquait une autre provenance. C'était plus comme s'ils avaient parcouru le sol de *sa* chambre, depuis son lit jusqu'à la porte, et qu'ils s'étaient ensuite éloignés dans le couloir, puis vers l'arrière de la maison.

Puis ce fut de nouveau le calme et le silence.

Chapitre 3

Le lendemain matin, Mark quitta la maison tôt, avec comme toujours son skateboard sous le bras et un petit déjeuner dans le ventre. Il avait mangé ses corn flakes tout seul dans une cuisine silencieuse. Il avait encore l'esprit embrumé à cause des rêves qu'il avait faits dans la nuit, et il voulait sortir sous le froid soleil hivernal. La maison semblait parfois sombre, même lorsque toutes les lumières étaient allumées.

Il cria en direction de l'étage pour dire qu'il sortait. David apparut rapidement au sommet de l'escalier, un doigt posé sur ses lèvres. De toute évidence, sa mère était endormie, et son gardien voulait que Mark se tienne tranquille.

Mark haussa les épaules avec colère. Il était bien censé leur dire où il allait, non ? David n'arrêtait pas de le répéter. Mais il ferma doucement la grande porte derrière lui en sortant. Le ciel était dégagé, de nouveau de couleur bleu métal. Mais quelque chose dans la qualité de la lumière suggérait qu'il pourrait pleuvoir plus tard. On pouvait voir ce genre de choses beaucoup plus facilement là qu'en ville. De toute façon, mieux valait qu'il s'entraîne tôt, plutôt que de passer la matinée à faire les cent pas. Pour être honnête, il commençait à se lasser du bord de mer. Quand ils venaient là auparavant, ils se rendaient aux Passages et faisaient les boutiques au moins une partie de la journée. Même si on n'y trouvait pas grand-chose d'intéressant, c'était ce qu'il aurait voulu faire ce matin-là. Il était las de cette portion de la promenade. Et il en avait marre de passer autant de temps tout seul.

Il descendait la pente en direction de la route lorsque quelque chose attira son regard. Il se tourna, et vit que la porte de l'appartement en sous-sol était ouverte. Il s'approcha du sommet de l'escalier métallique et, curieux, jeta un coup d'œil en bas.

Il ne pouvait pas voir grand-chose au-delà de la porte, qui n'était ouverte que de quelques centimètres et ne laissait entrevoir qu'un petit corridor étroit. Puis il entendit une voix à l'intérieur. Comme si quelqu'un était en train de se battre avec quelque chose.

— Bonjour ? dit-il.

Pas de réponse.

Il descendit les marches jusqu'à se retrouver dans la cour en contrebas. Sa tête n'était qu'à une cinquantaine de centimètres en dessous du niveau du trottoir mais l'impression était étrange : c'était comme s'il descendait dans une partie complètement différente de Brighton. Il se tint près de la porte et entendit de nouveau le bruit.

— Bonjour ? répéta-t-il.

Toujours pas de réponse. Il s'apprêtait à remonter l'escalier lorsqu'il entendit un bruit de pas traînants sur le sol. Il recula rapidement de la porte, en ayant soudain le sentiment d'être un intrus.

Une femme surgit de l'obscurité.

Elle était vieille, et petite – à peu près de la même taille que Mark – et légèrement voûtée. Ses cheveux étaient d'un blanc parfait, et son visage aussi était blanc. Il donnait l'impression d'avoir été fait en papier, d'un papier qui aurait été froissé puis lissé ensuite. Elle était habillée tout en noir. Pas le noir des vêtements neufs, plutôt celui d'une robe qui aurait été noire à une époque, mais lavée, pliée et portée depuis, encore et encore, bien des fois. Les manches étaient bordées de dentelle. Les poignets qui en sortaient ressemblaient à des bâtons, et les mains au bout étaient couvertes de petites taches, brunes et violettes, sur une peau d'ivoire. Dans l'une d'elles, la vieille dame tenait une ampoule.

— Qui es-tu ?

— Mark, répondit-il hâtivement. Je… j'habite en haut.

La vieille dame hocha une fois la tête, et continua à le regarder. Il s'aperçut qu'elle n'était pas tant vieille que très vieille, et aussi un peu effrayante. Quand elle clignait des yeux, elle ressemblait à un oiseau, du genre de ceux qu'on pouvait voir au bord de la mer, ceux qui volaient des morceaux de toasts aux gens.

— Je passais et j'ai entendu un bruit, alors… je me suis demandé si quelqu'un avait besoin d'aide.

— Tu dois avoir de bonnes oreilles, dit-elle.

Sa voix était sèche, et un peu éraillée.

— Est-ce que tu as de bonnes oreilles ? Est-ce que tu entends des choses ?

— Heu, oui, je suppose, dit Mark.

La vieille dame leva l'ampoule.

— J'essaie de remplacer ça. Je n'arrive pas à rester debout sur la chaise. Voilà.

— Je pourrais vous aider, si vous voulez ?

Elle sourit, et parut un instant moins intimidée, et aussi plus jeune. Certainement pas plus de quatre-vingt-cinq ans.

Elle se retourna et s'éloigna de la porte. Mark la suivit.

Le couloir était effectivement très étroit, mais après seulement quelques pas, il y avait une autre entrée. Mark comprit que le premier couloir était un ajout, une partie de la cour qui avait été couverte afin d'en faire un lieu pour suspendre les manteaux et stocker les parapluies. Un deuxième couloir, bien plus large, s'étendait après le vestibule : il conduisait de toute évidence directement sous le hall d'entrée de la maison au-dessus.

Il y avait une porte à droite de ce petit couloir. Mark jeta un coup d'œil à l'intérieur alors qu'il marchait dans l'obscurité. Dans un espace d'à peu près le tiers de celui qu'il utilisait au-dessus, la vieille dame avait entassé un lit simple, deux fauteuils étriqués, une petite table, une bibliothèque et une armoire. Il y avait un minuscule coin cuisine sous la fenêtre en arche. Le mobilier ressemblait à celui qu'on pouvait voir dans les magasins d'occasion en extérieur, à la merci des intempéries, et où chaque meuble était étiqueté au prix de quatre livres. L'air dans la pièce était doux et cotonneux, filtré par les rideaux en dentelle. L'ensemble ne devait pas faire plus de quatre mètres sur deux, et la plupart des adultes auraient ressenti le besoin de se baisser.

Il se tourna pour constater que la vieille dame se tenait près d'une chaise en bois branlante, dans le couloir. Un câble dénudé pendait du plafond. Il prit l'ampoule des mains de la dame et monta prudemment sur la chaise.

Il pouvait sentir les pieds qui vacillaient, mais son entraînement des deux dernières semaines sur la promenade lui conférait une certaine assurance qui lui permettait de garder la chaise d'aplomb… certainement plus que n'aurait pu le faire la main de la dame, qui s'agrippait au dos. Il se dit que ça ne ferait pas grande différence si la chaise se décidait à basculer.

Il s'étira et dévissa l'ampoule déjà dans le culot. Elle résista mais céda finalement, dans un grincement de rouille. Il la tendit à la vieille dame et enclencha la nouvelle. Il sursauta lorsqu'elle s'alluma soudain dans sa main.

— Oups, dit la vieille dame. Désolée.

Il vissa rapidement l'ampoule avant qu'elle devienne chaude, puis sauta de la chaise. Il pouvait maintenant voir que ce couloir s'arrêtait deux mètres plus loin, et qu'il se terminait sur une lourde porte qui semblait ne pas avoir été ouverte depuis longtemps. Mark était surpris. Il avait supposé que la vieille dame devait avoir au moins une pièce de plus dans son appartement, peut-être deux. Elle ne pouvait pas vivre uniquement dans ce premier espace, n'est-ce pas ?

Le vestibule semblait sombre même une fois éclairé. C'était très poussiéreux et il y avait une odeur sous-jacente, comme l'intérieur de quelque chose que l'on n'est censé connaître que de l'extérieur. Il n'y avait pas de carrelage au sol, seulement du parquet gondolé, et les murs étaient défraîchis.

— C'est très gentil, dit la vieille dame.

Mark haussa les épaules, soudain un peu embarrassé.

Quand il arriva à l'endroit de la promenade où les autres enfants se trouvaient habituellement, Mark fut d'abord étonné. Il n'y avait personne. Alors qu'il se tenait au milieu de l'aire, il se souvint finalement du jour : lundi matin. Tous les autres étaient sûrement à l'école : un endroit où Mark aurait dû se trouver, s'ils habitaient toujours à Londres. Le bord de mer était déserté et même le petit café, qui avait été ouvert tout le week-end, était fermé. Les tables en plastique blanc et les chaises étaient rangées.

D'abord, Mark s'en ficha. Au moins, il avait de la place. Et il n'aurait pas à se préoccuper des autres garçons – ou des filles, il en avait vu quelques-unes dans le coin – qui se seraient moqués de lui.

Mais, après avoir traîné à droite et à gauche pendant à peu près une heure, il se rendit compte que les choses ne fonctionnaient peut-être pas comme ça, après tout. Tout ce qu'il faisait lui paraissait un peu plus fluide que la veille. Il ne savait toujours pas faire pivoter la planche sur un axe ou sur l'autre – chaque tentative se terminait dans un chaos mouvementé et un atterrissage fracassant de la planche à plusieurs mètres – mais d'un autre côté, il ne finissait pas aussi souvent que d'habitude en glissade sur le sol : il s'arrangeait en général pour retomber sur ses pieds. C'était donc un progrès, en quelque sorte.

Mais cela semblait un peu vain.

Le risque que d'autres personnes puissent rire des erreurs qu'on faisait, c'était précisément ce qui rendait intéressant – essentiel, même – le fait de persévérer. C'était un peu la raison pour laquelle les autres garçons étaient un public coriace : sous leurs regards on se sentait obligé d'accomplir des choses. Sans cela, on devait tout faire soi-même.

Ça allait un moment mais ensuite, on commençait à se demander pourquoi on faisait ça. Et pourquoi on était si nul. Et on finissait par se demander quel était l'intérêt, et si ça voulait juste dire qu'on allait de ci de là, qu'on tombait, qu'on se relevait, et qu'on tombait encore. Mark se mit à lancer des œillades pleines d'espoir vers les gens qui passaient à côté, au cas où quelqu'un viendrait errer dans le coin, déposerait une planche sur une cale et commencerait à faire des trucs. Mais personne ne le fit. Les seules personnes qui déambulaient étaient de vieux messieurs avec des chiens, ou des couples qui ne se parlaient pas.

Il n'y eut bientôt plus personne du tout. Le ciel se plombait de plus en plus, et un vent froid venu de la mer se levait. Le skateboard ne voulait ni rester stable, ni le porter : tout ce qu'il voulait, c'était le faire basculer, aussi douloureusement que possible, et ensuite dévaler n'importe où.

Sur la fin, il se mit à pleuvoir. Mark, de mauvaise humeur, prit le chemin de la maison, et passa devant la petite bicoque qui vendait des sandwichs, du thé et des gâteaux quels que soient le jour de la semaine et la saison. On ne pouvait pas s'asseoir à l'intérieur, mais des tables en plastique et des chaises étaient alignées d'un côté, le long de la promenade, protégées du vent – légèrement protégées – par des bouts de toile jaune. Le café s'appelait *Le Point de Rencontre* mais il était désert ce jour-là, à l'exception d'un homme entre deux âges assis seul à une table. Il regardait ses mains. Une tasse vide était posée devant lui. Il avait l'air de n'attendre personne.

Quand il se mit à le regarder, Mark pressa le pas, au cas où le visage de l'homme lui rappellerait trop le sien.

Lorsqu'il rentra, David était dans la cuisine, debout devant le frigo. Il en regardait le contenu comme s'il ne comprenait pas ce qu'il voyait. Vu qu'il avait acheté tout ce qui s'y trouvait – très peu de ce qu'il y avait sur la « liste des aliments préférés » de Mark –, le garçon trouva ça agaçant, venant de sa part.

— Comment ça se passe ? demanda David en scrutant toujours l'intérieur du frigo.

Mark jeta sa veste sur une chaise.

— Pourri, en gros, répondit-il.

David regarda le manteau qui s'égouttait sur le sol.

— Tu sors après ?

— Non.

— Pourquoi pas ?

— Parce qu'il pleut, dit Mark d'un ton cassant. Et c'est une perte de temps. Tu vas devoir te faire à l'idée que je vais rester dans ta maison un moment. Désolé si ça doit te déranger.

— Bien sûr que non, dit David.

Pour une fois, son beau-père avait l'air irrité.

— Tu peux faire ce que tu veux. C'est aussi ta maison.

— Non, ce n'est pas ma maison, trancha Mark comme s'il avait seulement attendu le bon moment. Je n'habite pas ici. J'habite à Londres.

— Plus maintenant, répondit David. Nous…

— Nous ne faisons rien. Ce que je fais n'a rien à voir avec toi.

— De fait, si, soupira David. Ta mère et moi sommes mariés, Mark. Tu te souviens ? Tu étais là. Cela signifie que ce que tu fais a tout à voir avec moi. Tu peux ne pas apprécier, mais c'est comme ça. Nous allons simplement devoir y travailler. C'est comme le skateboard. Tu ne peux pas t'attendre à…

— Oh, va te faire foutre, marmonna Mark.

David le dévisagea. Il tenait toujours la porte du frigo. Et la pièce sembla soudain très silencieuse.

— Je vais devoir te demander de présenter des excuses pour ça, dit David.

Mark avait été surpris que David ait pu entendre les mots sortis de sa bouche. Mais il n'allait pas les retirer.

— Non.

— Est-ce que tout va bien en bas ?

Ils se retournèrent tous les deux lorsque la voix de la mère de Mark retentit en haut de l'escalier. Mark ouvrit la bouche pour dire « Non, bien sûr que non ! », comment est-ce que ça aurait pu aller bien, mais David répondit en premier. Il marcha rapidement jusqu'à l'encadrement de la porte et leva la tête.

— Tout va bien, dit-il. J'arrive, chérie.

Mark comprit alors quelle était maintenant sa position. David se tenait désormais entre sa mère et lui. Il s'y tiendrait pour toujours. C'était sa maison. Il y régnait. Tout ce qu'il voulait dire, ou faire, il le pouvait. Mark ne pouvait rien contre ça. Pas encore.

— Ouais, gronda-t-il doucement. Tout va bien.

Il passa devant David et s'engouffra dans le couloir, prenant sa veste au passage. Il pleuvait toujours d'après ce qu'il pouvait entendre, mais il s'en fichait. Il ne voulait pas rester à la maison.

David lui dit quelque chose en passant mais Mark n'écouta pas. Au lieu de ça, il tira la porte d'entrée d'un coup sec et courut dehors en se fichant bien cette fois-ci du bruit qu'il avait fait en claquant la porte derrière lui. Il dévala rapidement les escaliers. Mais ils étaient mouillés, et il allait trop vite.

À la deuxième marche, il glissa, et son pied dérapa sur la troisième marche. Il tenta de garder l'équilibre mais son deuxième pied glissa aussi. Il comprit ensuite qu'il chutait de travers. Il atterrit face contre terre, et s'écrasa dans une flaque sur le trottoir.

L'air fut expulsé d'un seul coup de ses poumons. Sa colère partit avec, et fut remplacée par quelque chose de plus mesquin, et de plus douloureux. Quelque chose comme de la souffrance. Il était déjà tombé comme ça plusieurs fois, chaque jour depuis des semaines, mais là c'était différent. D'habitude il était juste incapable de garder l'équilibre sur la planche. Là, c'était comme si on l'avait bousculé.

— Oh, trésor, dit une voix.

Mark leva la tête pour découvrir qu'une vieille femme se tenait à quelques mètres de là sur le trottoir. La vieille femme, en fait : celle de l'appartement en sous-sol. Elle était emmitouflée dans un épais manteau en laine noir, et elle tenait un petit parapluie noir.

Elle le regardait.

— Une journée épouvantable, dit-elle. (Elle ajouta :) Est-ce que tu as faim ?

Chapitre 4

Pendant qu'ils attendaient que la bouilloire de la vieille dame se mette à siffler – elle n'était pas électrique et était posée sur le poêle – la vieille dame ouvrit la petite porte au fond de sa chambre. Derrière il y avait une minuscule salle de bains. La dame revint en tenant une serviette jaune pâle, déguenillée sur les côtés mais très douce. Mark l'utilisa pour se sécher les mains et le visage. Il s'assit ensuite dans l'un des deux fauteuils et observa la pièce pendant que la dame préparait deux tasses de thé. C'était bizarre d'être ici.

Mais lorsqu'il s'était retrouvé étendu là, sur le trottoir, aux pieds de la vieille dame, avec la pluie qui tombait, il n'avait pas su quoi faire d'autre. Il ne pouvait pas entrer dans la maison, parce qu'elle l'avait vu en sortir en trombe. Et aussi parce qu'il n'en avait tout simplement pas envie. Il ne pouvait pas non plus descendre vers le bord de mer : il aurait été trempé jusqu'aux os. Il n'y avait pas d'autre endroit où aller. Alors il s'était remis sur ses pieds et avait haussé les épaules. La vieille dame tenait un petit sac en papier brun.

— Toute seule, je n'arrive jamais à en terminer un, avait-elle dit. Pourquoi ne descendrais-tu pas le partager avec moi ?

Tandis qu'elle versait de l'eau dans la théière, Mark s'aperçut qu'il pouvait toujours sentir l'odeur qu'il avait remarquée dans le couloir quand il avait aidé la dame à remplacer son ampoule. Il était pourtant difficile de croire qu'elle émanait de cet endroit. Tout était d'une propreté et d'un ordre irréprochables. Le plateau de la petite table, et les bras du siège sur lequel il était assis, n'abritaient pas le moindre grain de poussière. Le lit était tellement bien fait que la couverture n'avait aucun pli. Le réveil chromé désuet sur la table de nuit brillait comme s'il avait été poli le matin même. Le petit poêle – qui n'avait qu'un seul brûleur et un four d'environ trente centimètres de large – était indubitablement préhistorique, mais avait toutefois l'air d'avoir été récemment nettoyé au jet à haute pression.

Il ne pouvait pas s'empêcher de se demander si l'odeur provenait de la vieille dame elle-même. Mais ce n'était pas une pensée convenable. Et puis, c'était peu probable. Il s'agissait d'une odeur légèrement humide, une odeur marron, et tout ce qui se rapportait à la dame était plutôt sec et gris-blanc.

Il n'y avait qu'un seul tableau au mur : il était très long, et fin. C'était une vieille peinture ; elle figurait une ligne de bâtiments familiers qui se ressemblaient tous.

La vieille dame vit qu'il la regardait.

— Un panorama du front de mer, dit-elle. Peint il y a cent soixante-dix ans.

Mis à part le fait que les quelques personnes représentées sur la peinture portaient d'étranges costumes et des chapeaux hauts-de-forme, ou de longues jupes qui gonflaient dans le dos, très peu de chose avait changé dans le panorama. Mark se sentit obscurément agacé par Brighton. À Londres, les choses changeaient tout le temps. Elles continuaient pour toujours, mais elles changeaient. Ici, les choses s'arrêtaient, mais elles restaient les mêmes.

— Depuis combien de temps est-ce que vous habitez ici ?

— Oh, depuis un bon moment, répondit-elle. Mais je ne m'en souviens pas en ces termes, non.

Elle déposa une tasse de thé à côté de lui. Elle ne ressemblait à aucune des tasses de thé qu'il avait vues auparavant. Le liquide était d'un brun sombre, presque rouge.

— Voilà.

— Est-ce que c'est… un genre de thé spécial ?

— Non, dit-elle en se laissant doucement retomber dans l'autre siège. C'est seulement fort. La plupart des gens font leur thé bien trop léger. Et à quoi est-ce que ça sert ? Si vous voulez du thé, buvez du thé. Voilà ce que je dis.

À côté de la tasse, elle déposa une assiette sur laquelle était posé le contenu de son sac en papier brun. Il s'agissait d'un gâteau, mais d'un genre auquel Mark n'était pas habitué. Il pensait pourtant avoir vu des choses comme ça à vendre au *Point de Rencontre*. Le gâteau avait été soigneusement coupé en deux. Mark prit l'une des parts et y mordit prudemment. Il était dur, il avait un goût de farine et était garni de petits raisins. Ça ne collait pas avec l'idée qu'il se faisait de quelque chose de bon.

— Très bon, dit-il en le reposant.

— Continue, rétorqua-t-elle. Tout n'est pas bon à la première bouchée.

Cela ressemblait désagréablement au sermon que David lui avait fait à l'étage, avant qu'il s'enfuie. Et Mark se redressa sur son siège.

— Oh, trésor, dit la vieille dame, est-ce que j'ai dit quelque chose de mal ?

Ils restèrent ainsi un moment. Mark reprit le gâteau et y mordit encore. Le goût était toujours bizarre, comme venu d'un temps où les gens mangeaient des trucs parce qu'ils étaient obligés de manger, et pas parce qu'ils espéraient en retirer du plaisir. La guerre peut-être, déduisit Mark, lorsque les choses avaient été en général de moins bonne qualité. En revanche, il aimait le thé fort. Et les troisième et quatrième bouchées de gâteau – il avait entre-temps revu son niveau d'exigence à la baisse

– n'avaient pas été si mauvaises. Les raisins, au moins, étaient bons.

— Pourquoi courais-tu ? questionna la vieille dame en rompant le silence.

Il haussa les épaules. Il ne savait pas quoi dire, et il n'était pas très souvent confronté à des questions de ce genre. Si un autre enfant de votre âge vous interrogeait, vous disiez juste que la personne qui vous avait agacé était un trou du cul, et vous alliez taper dans un ballon. Le temps que ça se passe, vous n'étiez plus aussi furieux. Les adultes ne faisaient jamais ce genre d'interrogatoire, et il semblait improbable que la vieille dame se plaise à aller cogner dans un ballon.

— Je voulais juste sortir de là.

— Des problèmes en haut ?

— Je suppose.

La vieille dame inclina la tête.

— J'entends tousser quelquefois.

— C'est ma mère, répliqua Mark, sur la défensive. Elle n'est pas trop bien en ce moment. Mais ça va.

— Et ton père ?

— Ce n'est pas mon père.

La vieille dame se tut, sa propre part de rocher – c'était comme ça que ça s'appelait apparemment – à moitié dans la bouche.

— Oh. J'avais cru qu'il était marié à ta mère.

— Bon… Oui, il l'est.

Elle releva la tête en la penchant légèrement de côté.

— Et…

— Ça ne fait pas de lui mon père. J'ai déjà un père. Il vit à Londres.

— J'ai été à Londres, une fois, le coupa-t-elle. Je n'ai pas trop aimé. Trop de gens : je ne pouvais pas dire qui était qui.

— C'est mieux qu'ici. Au moins il se passe des choses. On peut sortir.

Mark avait parlé bien plus brutalement qu'il n'en avait eu l'intention, mais elle n'avait pas eu l'air de le remarquer.

— Je suis sûre que tu as raison, répondit-elle.

Elle alla jusqu'au plan de travail et versa un peu plus d'eau dans la théière. Elle la remua, lentement, en regardant par la fenêtre. Les rideaux en dentelle empêchaient d'y voir vraiment, mais on pouvait dire qu'il pleuvait encore beaucoup.

— Depuis combien de temps sont-ils mariés ?

— Quatre mois. Ils ont fait ça très vite. Je pense qu'il l'a poussée à faire ça vite au cas où elle se rendrait compte à quel point il est stupide et qu'elle change d'avis.

— Est-ce qu'il est vraiment stupide ?

— Oui, vraiment. Il est vraiment agaçant, aussi. Il essaie toujours de m'obliger à faire des trucs, et de me mettre mal à l'aise. Il ne sait rien de nous. Il ne comprend pas.

La vieille dame continuait à faire tourner la théière. Il faisait chaud dans la pièce, maintenant. Elle sentait presque le renfermé. Le réveil sur la table de nuit tiquetait bruyamment. Chaque « tic » avait l'air de venir plus lentement que le précédent « tac », et Mark se sentit soudain pris de nostalgie. Il n'avait pas envie d'être ici, dans ce petit appartement, dans cette maison, dans cette ville. Il voulait revenir à Londres, dans sa vieille chambre, et regarder la télévision ou jouer à un jeu vidéo, en sachant que sa mère et son vrai père étaient en bas. Même si de temps en temps le ton montait d'un cran, c'était la maison. Ça avait été réel. Tout ça, ça ne l'était pas. C'était juste un endroit où on n'avançait pas.

Quand allait-il retourner à l'école ? Quand allait-il revoir ses amis ? Quand allait-il revoir son père ?

Il avait besoin de connaître les réponses à ces questions, mais chaque fois que le réveil tiquetait, le son semblait augmenter en intensité, comme si chaque « tac » était un barreau de la cage qui le maintenait dans cet endroit. Il attrapa le morceau restant de sa part de gâteau et le fourra tout entier dans sa bouche, en le mâchant rapidement. Il était sec et absorbait toute l'humidité de sa bouche, mais une fois qu'il l'aurait avalé, il pourrait partir. Peu importait où. Il y avait des bancs couverts en bas, sur la promenade, comme celui dont il avait rêvé la nuit précédente. Il pourrait s'asseoir à l'abri sur l'un d'eux, et il regarderait la pluie tomber sur la mer. À quoi ça pouvait bien servir, d'ailleurs, de la pluie sur la mer ? Et puis quelle importance ? Il se sentait maintenant misérable, et tout lui semblait absurde. Il voulait juste partir.

Mais quand il leva les yeux, juste quand il s'apprêtait à prendre congé, il vit que la vieille dame le regardait avec une étrange expression : elle avait un petit sourire et l'air sérieux à la fois, comme si elle l'évaluait.

— À quel point voudrais-tu voir quelque chose ?

— Comme quoi ?

— Juste... quelque chose que tu pourrais trouver intéressant.

Elle alla jusqu'au plan de travail, ouvrit un petit tiroir et en sortit un objet. Elle le souleva pour le lui montrer. Il s'agissait d'une grande clé.

Il fronça les sourcils.

— À quoi ça sert ?

— Je vais te montrer, dit-elle. C'est bon, tu peux emmener ton thé.

Mark suivit la vieille dame dans le couloir. Il imagina qu'elle allait prendre à gauche, dans l'étroit couloir qui menait à la sortie. Quelque chose était peut-être rangé là-bas, dans un placard, et il avait le sentiment horrible qu'elle s'apprêtait à lui donner quelque chose. Les vieilles personnes faisaient ça, parfois, en pensant faire plaisir. Mais elles vous faisaient en fait accepter quelque chose que vous ne compreniez pas, ou que vous ne pouviez évaluer… et dont vous ne saviez pas quoi faire.

Mais au lieu de ça, elle prit sur la droite et marcha jusqu'à l'énorme porte. Elle engagea la clé dans la serrure et la tourna avec un effort visible. Un bruit fort et creux retentit, comme un unique claquement de sabot de cheval sur la route. Elle tourna la poignée et poussa. La porte s'ouvrit en tournant lentement sur ses gonds, sans faire aucun bruit.

L'autre côté était plongé dans l'obscurité. On voyait dans un coin la très timide suggestion d'une lumière grise et vraiment pâle.

— Prêt ? demanda-t-elle.

Elle s'enfonça dans l'obscurité et enclencha un interrupteur sur le mur. Brusquement deux petites ampoules s'allumèrent. Elles pendaient au plafond de l'endroit qui se trouvait de l'autre côté de la porte.

La bouche de Mark s'affaissa lentement.

Chapitre 5

Il suivit la vieille dame tandis qu'elle passait le seuil, puis s'engageait dans le couloir au-delà. Il était de la même largeur que celui par lequel ils étaient entrés, et courait jusqu'à l'arrière du bâtiment. Mais, alors que le premier couloir était seulement crasseux, les murs de celui-ci étaient presque marron. Mark y regarda de plus près et constata que la couleur était marbrée, comme si elle était le résultat de plusieurs années d'exposition à la fumée, sous une épaisse couche de poussière.

Il y avait deux ouvertures sur la droite du couloir. La première était une porte étroite, qui était fermée. La seconde, quelques mètres plus loin, était l'entrée d'un petit couloir latéral. Il y avait une porte sur la gauche, et une autre ouverture au bout.

Après cela, le couloir principal continuait sur quelques mètres puis prenait un brusque virage sur la droite. Mark ne pouvait pas voir ce qui se passait au-delà, mais c'était de là-bas que provenait la douce lumière grise.

— Qu'est-ce que c'est ?

— À ton avis ?

Mark secoua la tête. Il ne pouvait pas imaginer ce que cet endroit avait pu être. Cela ressemblait un peu à un étage de la maison au-dessus, mais avec des plafonds bien plus bas, aucune fenêtre et aucune décoration nulle part. L'endroit avait l'air ancien – presque comme une grotte – mais à cause des surfaces lisses et des angles partout, il avait presque l'air moderne.

— Les quartiers des domestiques, dit la vieille dame.

— Les domestiques ?

— Ces maisons ont été construites il y a bien longtemps. Même pas au siècle dernier, mais celui d'avant. Elles étaient spécialement bâties pour la bourgeoisie de Londres, qui voulait venir prendre l'air de la mer.

— En vacances ?

— Comme des vacances, mais c'était aussi censé être bon pour leur santé. En fait, les gens de la haute société n'étaient pas habitués à faire quoi que ce soit par eux-mêmes en ce temps-là. Alors ils emmenaient leurs domestiques avec eux.

— Quel genre de domestiques ?

La dame ouvrit la première porte. Il y avait un renfoncement obscur derrière, d'environ un mètre et demi de profondeur sur un mètre de large, avec des rayonnages de chaque côté. Ils étaient vides, couverts de poussière et de toiles d'araignées.

— L'office du majordome, dit-elle. Tu as déjà entendu parler des majordomes, je suppose ?

L'idée que Mark se faisait du terme était en grande partie cantonnée à l'expression « c'est le Majordome qui l'a fait », en plus de ce qu'il avait entendu de la bouche de Jeeves, mais il acquiesça.

— L'homme qui ouvre les portes.

Elle esquissa un sourire.

— Cela et bien davantage. Il était en charge de tout cet univers en bas, pour la plus grande part. Et l'un de ces devoirs consistait à surveiller la cave à vin, le brandy, et le porto.

Elle referma la porte et désigna une large tache juste à côté de la poignée de porte. Elle s'étendait sur plusieurs centimètres autour de l'endroit où le battant rejoignait le cadre.

— Elle était scellée à la cire chaque nuit, pour être certain qu'aucun des autres domestiques… ne se serve.

Elle conduisit Mark le long du couloir, et après le virage à droite. La première porte sur la gauche était ouverte. Derrière il y avait une minuscule pièce sans fenêtre, à peine assez grande pour contenir un lit simple. Elle était désormais remplie de meubles cassés, et d'ombres.

— Le majordome dormait ici.

— C'est petit.

— Pas pour un domestique, je peux te l'assurer.

Une seule autre personne possédait sa propre chambre ici.

Elle franchit la porte au bout de la pièce. Les lumières du couloir n'éclairaient pas grand-chose et tout ce que Mark pouvait distinguer, c'était un endroit obscur et bas de plafond, encore une fois plein de vieilles breloques.

— Le salon des domestiques. Ils y prenaient leurs repas, et la femme de chambre dormait ici la nuit, à même le sol.

— C'est ici qu'ils se détendaient ?

— Il n'y avait pas de détente. Ils travaillaient. Je vais te montrer où.

Alors qu'elle ramenait Mark dans le couloir principal, la vieille dame caressa de sa main frêle la surface du mur de droite. À l'endroit où celui-ci rejoignait le passage, l'angle était émoussé.

Lorsqu'ils atteignirent l'endroit au bout où le couloir tournait de nouveau à droite, Mark haleta légèrement. Il pouvait maintenant voir d'où provenait la lumière.

Le lieu où ils débouchèrent ressemblait un peu à une petite cour close, baignée d'une lumière grise et voilée comme si elle provenait de l'intérieur d'un nuage. L'endroit était protégé du ciel par un toit en bois et par une grande lucarne, mais il donnait davantage l'impression d'appartenir à l'extérieur qu'à la maison. C'était de là, se rendit-il compte, que provenait l'odeur. Quelques carreaux de la lucarne étaient fendus, ou cassés, et de l'eau gouttait au sol, sur des tuiles cassées et des morceaux de bois qui gisaient éparpillés tout autour. Ils sentaient le pourri. Il y avait des plumes de pigeon par terre, et aussi pas mal de crottes d'oiseaux. Quelque chose roucoulait doucement quelque part.

— Des choses épouvantables, dit la vieille dame. Des rats ailés.

Mark l'entendit à peine. Il passait lentement les lieux en revue. Il y avait deux autres passages à gauche de la pièce, dont l'un débouchait sur une zone avec des grilles de métal aux murs. Il y en avait encore deux tout au bout, mais bien plus bas, et sur le côté droit de la pièce – qu'il supposa être une cuisine – il vit les vestiges rouillés de… il n'était pas certain de ce que c'était, en fait.

— Les fourneaux, dit la vieille dame. Là où étaient cuisinés les repas pour toute la maisonnée. Il devait y avoir une grande table ici, juste là où nous nous trouvons, mais je suis certaine qu'elle a été vendue il y a bien des années. Probablement pour en faire une table de salle à manger à Londres, ou un bureau. Les gens ont cessé de vivre comme ça il y a soixante-dix ou quatre-vingts ans. Dans la plupart des maisons, tout ça a été transformé en appartement de sous-sol.

Maintenant que Mark y pensait, il s'aperçut qu'il le savait déjà. Sa mère avait une amie à Londres qui vivait à Notting Hill, dans un appartement situé en dessous du niveau du sol, comme celui-là. Le sien n'était cependant que murs blancs, rangées d'éclairages et grandes peintures avec éclaboussures de couleur. Il était difficile d'imaginer qu'il ait pu un jour ressembler à ça.

Il désigna la petite pièce avec des grilles aux murs.

— Qu'est-ce que c'était ?

— C'était là que la viande était entreposée.

— Ils avaient une pièce juste pour le frigo ?

— Il n'y avait pas de réfrigérateur. La viande était suspendue. Les grilles dans les murs étaient là pour que l'air puisse circuler.

— La viande ne pourrissait pas ?

— Quelquefois. L'espace à côté, c'était le four et la boulangerie. Ensuite…

Elle se tourna pour désigner les deux portes basses au bout.

— Des espaces de stockage. Légumes et fruits à gauche, et la laiterie – pour le lait et le fromage – à droite.

Mark s'approcha et entra successivement dans chaque espace, devant légèrement s'accroupir pour y pénétrer. Les plafonds étaient incurvés, comme une voûte. Il y avait des rayonnages de chaque côté des deux pièces, ne supportant maintenant rien d'autre que des années et des années de poussière. Ils avaient dû néanmoins pouvoir stocker pas mal de choses, à l'époque.

Quand il sortit, il remarqua deux boîtes en bois brisées de l'autre côté de la cuisine. Des filets étaient disposés sur le devant : elles ressemblaient à des clapiers à lapins très sommaires, qui se seraient délités.

— Des poulets, dit la vieille dame.

— Des poulets ? Ils avaient des poulets dans la maison ?

— Bien entendu. Des œufs frais chaque matin.

Mark rit en imaginant des poulets vivants dans un lieu habité par des gens. Derrière les cages, il y avait dans le mur une niche peu profonde, large d'environ deux mètres et demi et profonde de un mètre.

— Est-ce que c'était la cheminée ?

La vieille dame sourit.

— Non, mon grand. C'était là que le cuisinier dormait. Et la femme de plonge aussi, ou bien elle dormait par terre, au milieu de la pièce.

— C'est froid, pourtant, dit-il en essayant d'imaginer.

— Bien entendu. C'est presque en sous-sol. Mais c'était sûrement différent lorsque les fourneaux étaient allumés. Ce devait être la seule pièce dans laquelle il faisait chaud, ici-bas. Le cuisinier avait de la chance, en hiver. En été… un peu moins.

Mark essaya de s'imaginer à quoi cela avait pu ressembler. Deux personnes qui dormaient là – dans la *cuisine* –, une autre dans la petite pièce qu'il avait vue au bout du couloir. De la viande suspendue dans l'espace là-bas, des fourneaux crachant fumée et chaleur, des poulets caquetant et se promenant, le cuisinier s'affairant autour du poêle…

Il déambula de nouveau du côté de la boulangerie – et sursauta lorsqu'un oiseau surgit brusquement de nulle part, battant des ailes à quelques centimètres de son visage. L'animal s'agita frénétiquement dans l'espace principal, fendant les airs à toute vitesse, tournant en rond et se heurtant au verre de la lucarne. Même si elle se tenait juste en dessous, la vieille dame n'y prêta pas la moindre attention. Finalement, l'oiseau trouva le carreau cassé et jaillit au dehors, montant en chandelle vers les ténèbres, et vers la pluie.

— Qui était l'autre domestique ? demanda Mark. Vous disiez qu'un autre avait sa propre chambre.

— Pas un, une, précisa la vieille dame. Peut-être la plus importante d'entre tous.

— Je croyais que le majordome…

— Le majordome était le visage public du sous-sol. C'était lui que les visiteurs voyaient, s'ils voyaient seulement quelqu'un.

— Pourquoi n'auraient-ils vu personne d'autre ?

— Les domestiques étaient censés rester invisibles. Comme si tout se produisait par magie. Ils avaient même leur propre escalier, au fond de la maison, et ils n'étaient pas autorisés à emprunter l'escalier principal. Dans une maison comme celle-ci, toutes les chambres à l'étage avaient des passe-plats à l'extérieur, sur les paliers, pour que les plateaux de thé ou de nourriture puissent y être laissés et récupérés sans que la famille ait à interagir directement avec une femme de chambre. Les feux étaient préparés et allumés dans les chambres avant que les résidents montent – et les cendres nettoyées après qu'ils se furent couchés. Les journaux étaient laissés sur la table chaque matin, les chaussures cirées et déposées à côté de la porte de la chambre. Silencieux et invisibles. Exactement comme de vivre avec une équipe d'elfes.

—Alors qui…

—La gouvernante, dit la vieille dame en conduisant Mark hors de la cuisine vers le couloir principal. Elle donnait ses instructions aux femmes de chambre. Elle parlait avec la maîtresse de maison, discutant des repas qui seraient requis durant la semaine, et passait toutes les commandes de nourriture. Elle organisait la blanchisserie, s'assurait que toutes les tâches étaient exécutées. Elle était… la reine des abeilles. En bas, en tout cas.

—Où est-ce qu'elle dormait ?

—Elle avait la meilleure chambre, entre tous.

La vieille dame passa la grande porte et attendit que Mark la suive. Il était réticent – il aurait voulu faire demi-tour et regarder davantage encore – mais il pouvait deviner, à l'attitude de la vieille dame, que la visite guidée était terminée.

Elle ferma la porte en la tirant, et la verrouilla de nouveau avec la grosse clé. Elle hocha ensuite la tête en désignant son appartement.

— C'était ici que vivait la gouvernante. Elle devait être devant pour négocier avec tous les marchands qui l'appelaient jour après jour. Ces choses n'ont pas duré. On n'allait pas au supermarché comme on y va de nos jours, à acheter de la nourriture surgelée pour le mois prochain. Elle était livrée, chaque jour.

Maintenant qu'ils étaient de retour dans cette petite pièce sur le devant du bâtiment, il était difficile de se souvenir que le reste avait jamais existé. L'énorme porte, la petite chambre propre de la vieille dame : c'était comme si c'était tout ce qu'il y avait.

— C'est bizarre, de revoir tout ça, dit Mark.

Elle avait l'air fatiguée maintenant.

— Les personnes aussi sont comme ça.

Mark ne comprit pas ce qu'elle voulait dire, mais c'était comme si elle ne voulait plus parler désormais. Son temps en bas était écoulé. Ça lui allait. Il lui semblait, en écoutant bien, que la pluie commençait à faiblir. Une marche le long du bord de mer était maintenant envisageable. La vieille dame le suivit jusqu'à la porte d'entrée, et s'arrêta là tandis qu'il sortait.

— Merci, dit-il.

— C'était avec grand plaisir.

Il entama la remontée de l'étroit escalier métallique vers la rue, mais hésita, et se retourna.

— Est-ce qu'il y a… d'autres gens qui savent ?

— D'autres gens ?

Elle savait de qui il parlait. La personne qui possédait l'immeuble.

— Non, dit-elle. Je ne crois pas qu'il le sache. Je vis ici depuis longtemps, et je n'ai pas beaucoup de visiteurs. La seule personne à le savoir, c'est moi. Et maintenant, toi.

Elle ferma doucement la porte.

Lorsque Mark remonta sur le trottoir, la pluie s'était arrêtée. Le ciel était pourtant toujours aussi bas, et d'un gris uniforme. Il enfonça profondément ses mains dans ses poches de manteau et prit la direction de la promenade. Il avait un peu de monnaie dans sa poche arrière. Il pensa qu'il pourrait peut-être descendre jusqu'au *Point de Rencontre* et commander du thé. Et le demander bien fort.

Il se sentait un peu mieux qu'avant.

Alors comme ça, David ne savait pas tout ce qu'il y avait à savoir…

Chapitre 6

Mais il se remit à pleuvoir. Et la pluie tourna bientôt à la neige fondue. Mark résista un moment mais sa tasse de thé avait un goût d'eau de vaisselle, et elle s'était refroidie en un instant. La promenade était déserte. La mer virait au gris, elle était agitée, et des embruns passaient par-dessus les garde-fous. Même les mouettes avaient l'air aigries et frigorifiées.

Quand il rentra à la maison, il était trempé jusqu'aux os. Il entama la montée des marches pour aller voir si sa mère était encore debout, mais David attendait déjà au sommet. Tout dans sa posture indiquant son désir de voir Mark se tenir tranquille. Il coupa court à toute tentative de conversation en posant un doigt sur ses lèvres. Comme s'il croyait être le gardien, celui en charge de tout, investi du pouvoir de décider de ceux qui pouvaient accéder au premier étage.

—J'aimerais te parler tout à l'heure, dit-il.

Mark descendit lourdement les escaliers, sans rien dire. Il changea de vêtements et sécha ses cheveux avec une serviette de la cuisine. Il se rendit ensuite dans « sa » chambre et ferma la porte.

Il lut un moment, mais termina rapidement son livre. Il n'en avait pas d'autre et, jusqu'à ce que sa mère se sente en état de quitter la maison pour aller sur le bord de mer, là où étaient les magasins, il semblait évident qu'il ne serait pas en mesure d'en obtenir un nouveau. Deux semaines auparavant, juste après qu'ils furent arrivés, David était revenu d'un de ses voyages au supermarché avec deux livres pour Mark. Ils gisaient dans un coin de sa chambre, trop ennuyeux pour être seulement ouverts et David, semblait-il, avait oublié de les rappeler au souvenir de Mark. Et Mark n'allait certainement pas l'aider à le faire.

Il joua un peu à la Playstation mais ce n'était pas tellement plus amusant. Dans la grande maison à Londres, la télévision était énorme. On pouvait monter le son et là, vous y étiez. Celle dans sa chambre à Brighton était la plus petite qu'il avait jamais vue, si petite qu'il se demandait même pourquoi M. Sony s'en était occupé. Même quand on s'asseyait près d'elle, c'était comme si elle était à l'autre bout de la pièce, et le son semblait provenir d'une très vieille radio. Même s'il était réconfortant de courir le long des mêmes couloirs et de se jeter dans des jungles et des mines abandonnées qu'il avait déjà visitées bien des fois auparavant, ce n'était pas très excitant. Il finit par abandonner et alla s'asseoir sur la chaise face à la fenêtre. Il pleuvait, et pleuvait, et pleuvait. Puis il cessa de pleuvoir. Quand il fit vraiment sombre, les lumières commencèrent à revenir dans les maisons de l'autre côté de la place. On pouvait voir des gens se promener, s'asseoir, faire des choses. Avoir une vie.

Ce qu'il avait vu en bas de l'escalier semblait lointain, flouté par la pluie et les images des jeux vidéo. C'était bizarre, cette vieille dame qui vivait dans une si petite pièce alors qu'elle avait tellement d'espace derrière. Mais il supposa qu'elle n'avait probablement pas beaucoup d'argent, et qu'elle n'était certainement pas autorisée à changer les choses, de toute façon. Après tout, c'était la maison de David maintenant. Même s'il l'avait laissée rester en bas parce qu'elle avait toujours vécu là, il était aux commandes.

La maison de David, oui. Mais Mark n'était pas le fils de David. Et la femme dans la chambre au-dessus de sa tête était sa mère. Elle n'appartenait à personne d'autre, quoi qu'ils puissent en penser.

Lorsqu'il essaya de nouveau à 18 heures, David n'était plus là pour garder l'escalier. Mark trouva encore sa mère sur le canapé. Elle avait l'air moins fatiguée que la veille, et elle était de bonne humeur. Elle tapota le canapé à côté d'elle. Il s'approcha et prit place.

Elle lui demanda comment s'était passée sa journée, comme d'habitude, mais pour une raison inconnue, il ne lui raconta pas qu'il était allé voir la vieille dame. En partie parce qu'il avait compris que cela contrevenait à l'avertissement de ne pas parler aux étrangers, ou d'aller où que ce soit avec eux – même si la vieille dame n'avait pas semblé être en mesure de faire beaucoup de mal. Mais il ne le mentionna pas aussi parce que…

Mark ne savait pas vraiment pourquoi. Peut-être parce qu'il savait qu'elle en parlerait à David. Et Mark ne voulait pas qu'il sache qu'il s'était rendu en bas. Cette omission donnait toutefois à penser que Mark n'avait pas fait grand-chose de sa journée, et sa mère comprit le message.

—Peut-être que… nous irons tous en ville demain ? proposa-t-elle. Ça fait longtemps. Tu ne crois pas ?

—Vraiment ? répondit Mark. Ce serait génial. Il me faut un nouveau truc à lire.

Il eut le sentiment que cela faisait cupide, mais peu importait, ce n'était pas ce qu'il voulait dire.

—Et ce serait… tu sais… chouette.

—Il faudra voir quel temps il fera, dit une voix.

C'était David, bien sûr, qui sortait de la chambre. Il ne se séchait pas les mains avec une serviette cette fois-ci, mais l'effet était le même.

—Ce serait bien pour nous tous d'aller en ville.

Mais le temps s'est superrefroidi aujourd'hui, et la pluie, vous savez…

« Super ». C'était un truc américain, Mark le savait, parce que David le lui avait dit des mois auparavant, de la même manière qu'il disait toujours tout. Mais David était en Angleterre maintenant, alors pourquoi n'arrêtait-il pas de faire ça ? Il pensait que ça lui donnait l'air cool, ou quoi ? Parce que ça ne l'était pas du tout.

Mark fut déçu de voir sa mère hocher la tête, concédant ce point à David.

— Mais peut-être ? demanda Mark.

— Peut-être, acquiesça-t-elle en souriant. Est-ce que tu as faim ? David a dit que tu n'avais pas déjeuné.

Bien sûr qu'il l'a dit. Il a rapporté.

— Oui, dit Mark. Qu'est-ce qu'on…

— Je pensais aller quelque part ce soir, l'interrompit David. Pas loin. Je pourrais nous conduire jusqu'à la route Ouest, et trouver un endroit par là. Qu'est-ce que vous en dites ?

Mark roula des yeux. Il savait pourquoi David faisait ça. Une semaine avant, sa mère avait dit quelque chose à propos d'aller manger un truc dehors, comme ils avaient l'habitude de le faire quand ils étaient ici, et que c'était une honte d'être dans une ville avec autant de restaurants et de ne pas en profiter. Mark avait remarqué que David avait froncé les sourcils. Il était jaloux, pensait Mark, il n'aimait pas se souvenir qu'ils étaient souvent venus là, avant qu'il entre en scène. En plus… David aimait juste diriger les gens, essayer de leur faire faire ce que lui pensait être une bonne idée : comme s'il savait toujours quelle était la bonne chose à faire. Et son boulot était de répandre l'information.

La mère de Mark hésita. Il pouvait la voir retourner l'idée dans sa tête. Mark ne voulait pas sortir. Il avait passé suffisamment de temps dans le froid et l'humidité pour aujourd'hui, et il ne voulait pas s'asseoir autour d'une table dans un restaurant et prétendre qu'ils étaient une famille alors qu'ils n'en étaient pas une.

— Pourquoi est-ce qu'on ne commanderait pas ? proposa-t-il avec entrain. Chez *Wo Fat* ?

— Je ne suis pas sûr que ta mère ait envie de chinois, dit sagement David à une vitesse exaspérante. Elle se sent un peu…

— Bonne idée, coupa la mère de Mark, et Mark sentit un puissant frisson de triomphe parcourir sa poitrine. Ça fait longtemps que…

— Je vais chercher le menu, dit Mark en bondissant du canapé pour se précipiter dans l'escalier.

En hors-d'œuvre, ils prirent des rouleaux de printemps, des travers de porc, des toasts au sésame et à la crevette et un peu de ce truc vert qui était censé être de l'algue mais qui apparemment n'en était pas. Ensuite, il y avait du riz sauté spécial, du canard rôti *chow mein*, des boulettes de crevettes aigres-douces, et du bœuf en sauce aux haricots noirs. C'était formidable, comme toujours, et le tout livré avec un gros paquet de chips aux crevettes, qu'on pouvait tremper dans tout.

Mark mangea beaucoup. Il avait été pris d'une faim dévorante après avoir manqué le déjeuner. Et de toute façon, il adorait la nourriture chinoise. C'était un trait de famille, disait son père. Les gènes. Durant les deux week-ends qu'il avait passés avec son père depuis le mariage, ils avaient mangé chinois chaque fois en gardant les restes de la première soirée pour les manger devant la télévision le soir suivant.

David ne mangea qu'un rouleau de printemps – qu'il insista pour appeler un « rouleau d'œufs » – ainsi qu'un peu de riz et du bœuf. Mark le soupçonnait de ne même pas aimer le chinois. Chaque fois qu'il avait pu depuis qu'ils étaient là, David avait parlé de la nourriture mexicaine comme d'un truc génial. Mais Mark n'avait jamais essayé, ce qui signifiait que ce ne serait probablement pas si bon. La mère de Mark ne mangea pas beaucoup, même si elle prit un peu de chips.

Quand ils eurent fini, Mark prit la télécommande et alluma la télévision. Il savait qu'il tirait un peu sur sa chance – parce que David avait dit que sa mère avait besoin de calme et de silence – mais le temps que son beau-père remonte après avoir tout nettoyé, sa mère et lui étaient en train de regarder un documentaire sur les pingouins. Et David ne pouvait rien y faire. Alors, il s'assit à l'autre bout du canapé et regarda avec eux.

Il regardait la télévision, de toute façon. Mais Mark savait qu'il ne voyait pas la même chose qu'eux. David ignorait tout de la fois où Mark et sa mère s'étaient rendus au zoo de Londres, quelques années auparavant. Ils avaient passé deux heures entières à regarder les pingouins dans le bassin spécial. Ils avaient imaginé des histoires sur chacun des pingouins, disant lequel était le pingouin policier, lequel était le sauveteur, et laquelle avait été la meilleure nageuse pingouin de tous les temps mais avait tout abandonné pour fonder une famille. Elle ne sortait maintenant de sa retraite que pour surveiller les jeunes quand ils glissaient, nageaient dans le bassin profond et dévalaient de long en large les rampes et les escaliers. Sa mère n'avait pas arrêté de dire qu'ils auraient dû rentrer à la maison. Mais elle n'en avait pas vraiment envie. Alors ils s'étaient assis sur un banc un long, très long moment, l'un à côté de l'autre, en riant et en pointant du doigt, comme s'ils avaient été seuls au monde.

David n'y était sûrement jamais allé. Il ne savait même pas pour cet après-midi-là. Au moins, le vrai père de Mark s'était trouvé là lorsque Mark et sa mère lui avaient raconté à leur retour. Maintenant, David était allé aux États-Unis, et il tentait toujours de se frayer un passage dans le monde de Mark. Et même s'il pensait être assis là à regarder la même chose qu'eux… il ne l'était pas. Il regardait une espèce de version ennuyeuse du programme signée David, et il ne verrait jamais la différence.

Lorsque le documentaire prit fin, David regarda sa montre. Mais Mark avait une longueur d'avance sur lui. Ce soir-là, il était en forme.

— Bonne nuit, maman, dit-il.

Il embrassa sa mère sur la joue et partit avant que David trouve quelque chose à lui dire, ou à lui demander.

Lorsqu'il rentra dans sa chambre après s'être brossé les dents, il s'empara des livres qui gisaient dans le coin de la pièce et les fourra sous son lit. Il prit ensuite l'un de ceux qu'il avait apportés de Londres avec lui, et l'ouvrit à la première page. Il pouvait toujours le lire.

Il dut lutter au début pour maintenir son intérêt, mais la sensation disparut au bout d'un moment. C'était un peu comme de marcher dans un quartier d'une ville où on s'était déjà rendu avant. On remarquait des choses différentes.

Une heure plus tard, il éteignit la lumière et se mit au lit. Il faisait froid dans la pièce et il se leva plusieurs fois pendant la nuit. Mais il n'entendit tousser qu'une seule fois. Et s'il rêva de quelque chose qui bougeait à côté de lui durant la nuit, quand le jour se leva, il ne s'en souvenait plus.

Chapitre 7

Le temps ne s'était pas amélioré le lendemain matin. Lorsque Mark demanda à David s'ils iraient en ville, comme sa mère l'avait dit, celui-ci secoua énergiquement la tête.

— Laisse tomber, dit-il. Ça n'arrivera pas… Pas aujourd'hui.

Mark marcha jusqu'au front de mer avec son skateboard et roula dans tous les sens. En revanche, les progrès qu'il avait faits quelques jours plus tôt s'étaient évanouis, et il avait le sentiment de tomber encore plus souvent. Il décida de contourner le problème : il trouva une courte planche, ainsi qu'une brique, et il les combina ensemble. La première tentative de saut se solda par un douloureux désastre. La deuxième et la troisième furent pires. Puis un homme surgi de nulle part se mit à crier que Mark lui avait volé sa brique – ou un truc du genre – et Mark déguerpit en jurant à voix basse.

Dans l'après-midi, il termina la relecture de son livre. Mais il ne parvint pas à en commencer un autre malgré ses tentatives. Il s'assit un moment avec sa mère, mais il n'avait rien à lui raconter. Et elle n'avait pas l'air plus bavarde. Il redescendit dans sa chambre et joua aux jeux vidéo pendant quatre heures, assis face à l'écran et utilisant ses écouteurs d'iPod pour améliorer un peu le son. Il pensa avoir dormi profondément cette nuit-là mais le lendemain matin, il se sentit très fatigué, comme si quelqu'un avait pris ses yeux durant la nuit et les avait fait sécher devant un feu.

Le jour suivant, les bulletins d'information annonçaient que de la neige tombait sur certaines régions du pays. Mais il ne neigeait pas à Brighton, bien entendu. Il devait faire vraiment, vraiment froid pour qu'il neige près de la mer, avait dit David, même si Mark ne lui avait pas demandé son avis sur la question. En lieu et place de neige, il y avait des flocons fondus, et de la pluie, et des bourrasques glacées. Pourtant, Mark, résigné, marcha péniblement jusqu'à la promenade et endura quarante minutes de chutes et de rechutes.

Après quelques tergiversations, il viola également l'interdiction de David, celle qui stipulait qu'il n'était pas autorisé à aller plus loin que la ligne de maisons peintes en couleur crème Brunswick.

Il passa devant les colonnes métalliques rouillées sur la plage, soutiens isolés d'une portion du vieil embarcadère Ouest, coupés des débris emmêlés du reste de ses vestiges qui commençaient dans l'eau à cinquante mètres du rivage. Avant que les incendies détruisent l'embarcadère, il avait été possible de faire un tour sur ce qui en restait. On montrait alors à de petits groupes de gens coiffés de casques de chantier comment les choses avaient été autrefois : la salle de bal, les salons de thé, les plates-formes d'observation. Le père et la mère de Mark l'avaient fait, une fois. Mark était resté au jardin d'enfants avec la sœur de son père, qui leur rendait visite. À cet âge, se rendre sur un vieil embarcadère cassé n'avait pas paru digne d'intérêt. Désormais, ce n'était plus possible. Et cela ne le serait plus jamais. Il aurait souhaité avoir pleinement compris la différence entre ces deux postulats à l'époque.

Il marcha le long des bars et des cafés, tous fermés, encastrés dans les vieilles arches sous le niveau de la route qui les surplombait. Il passa devant le lieu où quelques vieux bateaux gisaient sur les galets – une sorte de musée de la pêche établi là de nombreuses années auparavant – et passa devant une grande pièce de machinerie enroulée dans de la toile : la base du manège qui se dressait là en période estivale.

Il poursuivit sa route, en toute illégalité, le long du bord de mer jusqu'à ce qu'il se retrouve face au grand hôtel moderne. Mark leva les yeux et comprit qu'il n'y avait personne pour l'arrêter. Il avait onze ans. Il savait ce que c'était. David ne pouvait pas le contraindre à rester là où il le voulait. C'était stupide, et c'était injuste.

Il traversa la promenade, grimpa les escaliers et franchit la route. Il poussa les portes à battants et gravit encore quelques marches, avant de se retrouver dans l'*atrium* du grand hôtel.

Une musique douce était diffusée. C'était joli et chaleureux. Et bien entendu, il ne pleuvait pas. Mais si on penchait la tête en arrière, on pouvait apercevoir les nuages sombres à travers le toit vitré, quatre étages plus haut. De petits groupes d'adultes étaient assis autour des tables. Des hommes et des femmes, vêtus en noir et blanc, leur apportaient du café et du thé. Un peu comme des domestiques, supposa Mark, même s'il doutait que l'un d'entre eux ait jamais eu à dormir dans un placard en sous-sol. Ils étaient même certainement autorisés à rentrer dans leurs propres maisons le soir venu.

Il s'assit à l'une des tables, sur un large sofa recouvert d'une étoffe qui ressemblait à s'y méprendre à de la moquette. Au bout de quelques instants, un homme mince qui portait un tablier vint à sa rencontre.

— Je voudrais une tasse de thé, s'il vous plaît, demanda Mark.

— Êtes-vous résident à l'hôtel ?

— Non. C'est obligatoire ?

Le serveur le toisa et haussa un sourcil.

— Votre mère ou votre père sont-ils là ?

— J'ai de l'argent, rétorqua Mark en cherchant

dans ses poches puis en sortant une poignée de monnaie. Combien ça coûte ?

L'homme se contenta de regarder Mark, puis rebroussa chemin. D'abord, Mark crut qu'il était allé chercher son thé. Mais au bout de quinze minutes, il devint clair que ce n'était pas le cas. Mark campa sur ses positions, de plus en plus furieux. Il ne séjournait pas à l'hôtel mais quelle différence ? Il y avait résidé avant, avec sa mère et son père. Pourquoi ne pouvait-il pas se trouver là maintenant ? Qui avait décrété qu'il ne pouvait pas ?

Mark remarqua ensuite que le serveur mince parlait à une femme derrière la réception. Ils le regardaient tous les deux.

Mark se leva et partit. Il sortit dans le froid par les portes à tambour.

Le temps qu'il rentre à la maison, il pleuvait de nouveau. Et il n'était pas d'humeur à endurer réprimande de quiconque. Il fila à l'étage, bousculant le gardien. Sa mère était assise dans un fauteuil, complètement voûtée. Elle lui jeta un bref regard lorsqu'il entra.

— Hé ! dit-elle d'un ton bizarre. Il pleut encore ?

— Tu vas sortir, un jour ? demanda-t-il.

— J'aimerais bien. Quelle heure est-il ?

— Quatre heures seulement. Les magasins sont encore ouverts. On pourrait aller aux Passages et tu pourrais regarder les bagues et… les machins.

— Oh, chéri…

— Non ! l'interrompit David. Il fait un temps de chien dehors.

— Laisse-la juste faire ce qu'elle veut ! hurla Mark. Pourquoi est-ce que tu dois toujours intervenir dans tout ?

Il se tourna vers sa mère pour obtenir son soutien, et il remarqua que sa peau était très pâle, et que son nez coulait. David lui tendit un mouchoir. Puis il se tourna vers Mark. Ses épaules avaient l'air raides. Mark lui rendit son regard, tout en souhaitant qu'il s'accroupisse – comme il le faisait toujours –, comme ça il serait à la bonne hauteur pour que Mark puisse lui en mettre une.

— Je n'essaie pas de…

— Si, tu essaies, s'énerva Mark. C'est peut-être ta maison, mais nous ne t'appartenons pas. Tu ne peux pas toujours nous faire faire ce que tu veux.

— Mark… Il fait trop froid, et trop humide, pour…

— Oh, va chier, soupira Mark, l'esprit soudain froid et clair.

Et il sortit de la pièce avec dédain.

Avant d'être arrivé à la moitié de l'escalier il entendit que David s'était lancé à sa poursuite. Il enjamba alors les dernières marches et courut jusqu'à sa chambre. Et juste avant que David atteigne le couloir il claqua brutalement la porte, prit la chaise en bois et la coinça sous la poignée

– exactement comme il l'avait vu faire dans une émission télé quelques semaines auparavant.

La poignée de porte cliqueta et la chaise craqua, mais ça marchait. Mark était aux anges. Il n'avait jamais essayé ce truc avant. C'était bon à savoir.

— Mark ! rugit David de l'autre côté. Ouvre cette porte...

Mark ouvrit la bouche pour répondre, mais la referma. David parlait tout le temps. Il serait encore plus énervé s'il n'obtenait pas de réponse.

— Mark, répéta-t-il.

En marchant doucement et prudemment sur la pointe des pieds, Mark s'approcha de la porte jusqu'à se retrouver tout près. Il pouvait entendre le souffle pesant de son beau-père.

— Mark, ouvre la porte.

Mark garda le silence. Chaque seconde passée sans répondre était une petite victoire.

— Je sais que tu es là, poursuivit David d'une manière troublante. (Sa voix était grave et calme.) Je sais que tu es juste de l'autre côté de la porte, et je sais que tu peux m'entendre. Alors écoute. Ce dont ta mère a besoin pour l'instant, c'est que toi et moi nous arrivions à nous entendre. Donc, ce dont moi j'ai besoin, pour être honnête, c'est que tu arrêtes de te comporter comme une espèce de petit trouduc. (Mark cligna des yeux.) Oh, *pardon*, ajouta David. C'est une expression « américaine », n'est-ce pas, et je sais à quel point elles te troublent. Essaie donc de ne pas être un trou du cul, si tu comprends mieux comme ça. En d'autres mots, putain : grandis !

David s'éloigna de la porte et remonta l'escalier.

Le sang cognait aux tempes de Mark, et il demeurait bouche bée. Il ne pouvait plus bouger. Il n'osait pas y croire. Cet homme – cet étranger – l'insultait maintenant ! Alors que la mère de Mark ne pouvait pas l'entendre, et qu'elle ne pouvait donc pas savoir ce qui se passait !

Avant l'arrivée de cet homme, tout s'était très bien passé. Même quand le vrai père de Mark n'habitait plus vraiment à la maison. Mais quelques semaines seulement après que David fut entré dans leurs vies, la mère de Mark avait commencé à être malade. Et désormais, il reprochait des choses à Mark, et il l'insultait grossièrement.

Mark se détourna furieusement de la porte. À ce moment-là, il remarqua qu'il y avait quelque chose sur son lit. Un petit sac. Il s'approcha et en déballa le contenu.

C'était un nouveau livre.

L'espace d'une seconde, Mark se sentit coupable. Mais immédiatement après, il s'agenouilla et tendit le bras sous son lit. Il tira vers lui les livres qu'il avait poussés dessous deux nuits auparavant.

Il se mit à rire jaune. Ouais. Exactement comme il l'avait deviné.

Le livre sur son lit ce soir-là était le même que l'un de ceux que David avait achetés la fois précédente.

Il ne l'avait même pas remarqué. Il n'avait pas regardé – ou il n'avait pas fait attention – quand il l'avait acheté la première fois. Ou quand il l'avait racheté aujourd'hui.

Il simulait. Il prétendait bien faire. Mark pouvait l'imaginer qui revenait à la maison. Sa mère lui demandait ce qu'il y avait à l'intérieur du sac, et son beau-père se contentait de hausser les épaules, et répondait que c'était seulement un petit quelque chose pour le garçon. Et la mère de Mark se disait que c'était si gentil...

Mark s'empara du livre. D'abord, il arracha la couverture. Puis il en déchira les pages, avant de les réduire en morceaux qu'il éparpilla jusqu'à ce que le sol soit couvert de petits bouts. Et que le livre n'existe plus.

Chapitre 8

Ses mains tremblaient encore de ce qu'il venait de faire, et de cette colère confuse qu'ils s'étaient tous les deux découvertes. Et elles lui faisaient un peu mal. Il pouvait entendre des voix à l'étage, à travers le plafond. Principalement celle de David. Mark ne parvenait pas à distinguer les paroles, mais il percevait le ton. Ce calme absolu. Le ton d'un homme qui avait toujours raison.

Mark prit soudain conscience de l'énormité de sa situation. Lorsqu'il avait entendu que sa mère et cet homme avaient été déclarés mari et femme – alors qu'il se tenait au fond d'une petite salle, à son corps défendant –, il avait compris ce que cela signifiait. Bien entendu. Mais il n'avait pas pris ça au sérieux. Son père était son père. Cela signifiait que sa mère et son vrai père – peu importait que cet épisode indique le contraire – étaient d'une certaine façon toujours mariés, encore unis, qu'ils demeuraient le tissu de son monde. Ce postulat informulé avait tenu bon tout le temps qu'ils étaient restés à Londres. Londres était Londres. La ville ne s'arrêtait pas. Elle continuait. Les choses se devaient de fonctionner comme elles l'avaient toujours fait, malgré les apparences. Il avait commencé à comprendre sur la route qui menait vers la côte. Cette croyance s'était mise à chanceler au plus profond de lui, là où il n'était pas toujours conscient de ce qui se passait. Que David se soit trouvé dans les parages à Londres, c'était une chose. Sa présence à Brighton, c'était différent. Cela signifiait que quel que soit l'endroit où l'on irait pour s'échapper, il y serait.

Tout était dit sur la manière dont le monde avait changé.

Cette personne – qui neuf mois auparavant lui était inconnue – avait maintenant le contrôle sur sa vie. Et sur celle de sa mère, ce qui était bien pire. Les voix à l'étage se calmaient déjà. Sa mère ne défendait pas Mark, et David ne descendait pas pour s'excuser. David avait gagné. Encore. Il était en haut avec la mère de Mark, et lui était coincé en bas, dans cette chambre glaciale avec rien d'autre que de vieux bouquins et une télé qui n'avait même pas le câble.

Brusquement, il prit l'autre livre sur le lit. Mais avant même de bander ses muscles pour le mettre en morceaux, il sut que ce n'était pas la solution. Il préféra donc le jeter contre le mur, puis il fit les cent pas. Le livre n'était pas le vrai problème. Le vrai problème, c'était d'être coincé ici. Coincé dans cette situation.

Il se dirigea rapidement vers la fenêtre.

S'il ouvrait la porte de sa chambre, le gardien l'entendrait et il descendrait pour lui faire passer un sale quart d'heure. Mark tourna le loquet de l'une des trois grandes fenêtres coulissantes. Elle était raide, mais une fois qu'il eut passé son épaule en dessous, il fut capable de la remonter d'un bon demi-mètre. Il faisait noir dehors, même s'il n'était que quatre heures et demi. Il y avait du crachin, aussi. Le trottoir était désert, tout comme la place. Pas un temps pour aller se promener.

Personne pour le voir.

Il rentra et prit son manteau, puis revint à la fenêtre. Il passa un pied par-dessus le rebord, puis ramena l'autre. Il se glissa sous la fenêtre, et il fut bientôt dehors.

Le rebord extérieur mesurait environ trente centimètres de large. Il y avait largement la place. Il fit un demi-tour et poussa sans bruit la fenêtre vers le bas, en laissant une ouverture de quelques centimètres. Il devrait passer par là pour revenir : s'il retirait la chaise de la porte, David pourrait alors entrer et découvrir la disparition de Mark.

Il entreprit de se faufiler sur sa gauche, en direction de la porte d'entrée de la maison. Lorsqu'il arriva à l'extrémité du rebord, il se rendit finalement compte qu'il ne s'était pas vraiment dépeint précisément la façade de la maison. Il devait y avoir un bon kilomètre de vide entre lui, la clôture ornementale, et les quelques marches flanquées d'une main-courante qui menaient depuis le seuil jusqu'à la rue.

Hmm.

Il considéra le problème un instant. Puis il s'assit précautionneusement sur le rebord, les jambes dans le vide. Les montants en métal de la clôture avaient été peints si souvent qu'on ne distinguait plus les arêtes mais seulement une épaisse couche de peinture uniforme. S'il se projetait assez loin et qu'il tendait vite les mains en avant, il pourrait attraper deux des montants. Puis il se hisserait par-dessus la rambarde. Il se retrouverait alors sur les marches, et s'en irait.

Il hésita. Qu'est-ce qu'il ferait après ? Quitter la maison c'était très bien, mais qu'est-ce qui se passerait ensuite ?

Le son de la télévision filtra jusqu'à lui à travers la fenêtre de l'étage au-dessus. Un vieux film. Tout se passait bien en haut, apparemment. On ne parlait plus de Mark. Comme s'il n'était même pas là. Alors il pouvait tout aussi bien ne pas être là.

Il visualisa ce qu'il allait faire lorsqu'il parviendrait de l'autre côté de la clôture. Avant de changer d'avis, il se projeta avec force et se retrouva soudain à fendre les airs. Il tendit immédiatement ses mains en avant, cherchant une prise. Même s'il n'avait pas très bien évalué la distance, il parvint à s'agripper fermement des deux mains autour d'une des barres de la clôture.

Exactement ce qu'il avait prévu.

Mais il pleuvait, et les montants étaient un peu plus mouillés que ce qu'il avait cru. Il commença à glisser, rapidement. Il battit des pieds, cherchant une prise à tâtons. Mais il n'y avait rien.

Sa main gauche atteignit le bas de la clôture en premier, et le choc de sa collision avec la pierre l'éjecta d'un coup. Mark n'eut qu'une fraction de seconde pour comprendre que la même chose allait se produire avec sa main droite lorsque cela se produisit.

Maintenant, il tombait dans le vide.

Il essaya de s'accrocher à un rebord plus bas ou de trouver une prise entre les briques… mais elles étaient mouillées aussi, et il tombait trop vite. Il se cogna le genou au passage et perdit le peu d'équilibre qui lui restait. Alors il dégringola sur les deux derniers mètres.

L'espace d'un instant il se retrouva sur ses pieds. Mais la violence du choc fut telle que ses jambes se dérobèrent sous lui et il tomba à la renverse. C'était déjà suffisamment douloureux, mais la gravité n'en avait pas encore fini avec lui. Il s'écroula sur le dos et sa tête frappa violemment le sol.

Il resta là, grimaçant de douleur, pantelant. Il avait l'habitude de tomber et de se cogner, mais ça faisait toujours aussi mal. Très mal. Au-dessus de lui, il voyait l'envers du rebord de sa fenêtre. Il avait l'air d'être très loin, et très haut. Un instant plus tard, quelque chose d'autre passa au-dessus de lui. Une silhouette noire découpée dans le ciel sombre.

— Bonté divine, dit une vieille voix éraillée. Comment es-tu arrivé là ? Je me demande bien…

La première pensée de Mark fut qu'il devrait sauter sur ses pieds, remonter à toute vitesse le petit escalier en métal qui menait hors de cette petite cour située sous le niveau de la rue, et fuir. Courir jusqu'au bord de la mer. Courir… Seulement courir ailleurs.

Il s'aperçut ensuite qu'il pleurait.

Il n'y avait eu aucun avertissement. Il n'avait pas senti les larmes monter. Il n'avait même pas décidé qu'il allait pleurer, comme il le faisait parfois ainsi que la plupart des gens. Il ne l'avait pas du tout voulu. Il était simplement en train de pleurer. Il était là, étendu sur le dos, et des larmes coulaient silencieusement sur ses joues.

— Oh, mon petit, dit la vieille dame. Là, là…

Elle s'était déplacée sur le côté, de manière à ce que la lumière de la rue tombe sur son visage. À travers ses larmes, Mark put voir qu'elle le regardait d'un air inquiet en fronçant les sourcils. Alors il se sentit encore plus mal, et il se mit à sangloter pour de bon.

Elle patienta, sans dire un mot, tandis que son corps était parcouru de spasmes de désespoir. Après environ une minute, elle se mit à hocher la tête.

Les sanglots de Mark s'apaisèrent graduellement, emportant avec eux les dernières larmes.

— Oui, dit la vieille dame d'un air pensif. Je crois qu'il n'y a qu'un remède à ça.

— Un remède à quoi ? s'enquit Mark.

Sa voix lui semblait pâteuse.

— Je sais de quoi tu as justement besoin, dit-elle. Tu as une idée ?

Mark secoua la tête. Il ne pouvait pas savoir ce qu'elle avait en tête.

— Une bonne tasse de thé bien fort, répondit-elle.

Mark fut tellement surpris qu'il se mit à rire.

— Voilà qui est mieux, dit-elle, en se tournant afin qu'il ait de la place pour se relever.

Il faisait très, très chaud dans sa chambre.

Alors qu'il était assis sur le siège et qu'il regardait la vieille dame s'affairer avec la casserole du côté du fourneau, Mark s'aperçut qu'elle n'avait pas un, mais deux de ces radiateurs démodés : ceux qui ont des barreaux en métal horizontaux et qui brillent d'une lueur orange une fois allumés. Elle avait placé une bande d'étoffe sous les rideaux de dentelle de la fenêtre afin d'éviter le moindre courant d'air. Elle portait toujours l'épaisse robe noire qu'elle avait la fois d'avant, ainsi qu'un cardigan.

— Vous n'avez pas chaud ? demanda-t-il.

Il avait toujours la voix nasillarde, et il avait mal à la tête. Probablement en partie parce qu'il l'avait cognée par terre, mais surtout à cause des larmes. Il ne pleurait pas souvent. Il savait qu'il se sentirait probablement mal à l'aise de l'avoir fait, plus tard. Mais pour l'heure, il était trop éreinté pour s'en préoccuper.

— Plus on devient vieux, plus on a froid, dit la vieille dame. Le moteur commence à se gripper.

Elle déposa deux tasses sur la petite table, versa un peu de lait dans chacune, puis ajouta le thé. Elle avait sorti de quelque part une petite assiette de cookies. Deux bourbons, trois à la crème anglaise, et un Garibaldi. Exactement les mêmes cookies que les grands-mères de Mark adoraient, avant qu'elles meurent à un an d'intervalle. Peut-être existait-il un magasin spécial où les vieilles dames achetaient leurs cookies, ainsi que leurs robes et leurs manteaux ? Un petit endroit caché en bas d'une rue latérale – ou d'une ruelle – où une horloge de grand-père tiquetait et où un vieil homme recouvert de poussière et de toiles d'araignées sortait lentement de l'arrière-boutique, prévenu par le « ding-ding » de la cloche quand quelqu'un entrait en clopinant.

La vieille dame s'assit prudemment sur l'autre siège.

— La bonne nouvelle, c'est que rien ne fait tellement plus mal.

Il la regarda, sans comprendre.

— Tu n'es pas aussi heureux que tu avais coutume de l'être, dit-elle. Mais… tu ne pleures plus aussi souvent.

— Je ne pleure pas souvent, s'offusqua Mark.

— J'en suis certaine, acquiesça-t-elle doucement. Tu es un garçon. Tu n'y es pas autorisé. Dieu interdit aux garçons d'admettre qu'ils ne sont pas faits en pierre.

Il fallut un moment à Mark pour démêler tout ça. Au final, il eut l'impression de se retrouver simplement coincé. Alors il grommela, et but une gorgée de son thé. Il était si fort qu'on pouvait presque le mâcher. Peut-être pouvait-on aussi obtenir des sachets de thé – ceux qui contenaient cinq fois plus de feuilles que la normale – dans ce magasin paisible, au bout de l'allée.

Ils restèrent là, assis en silence, pendant un moment. Il avait remarqué la dernière fois que cela ne semblait pas la gêner. Peut-être que c'était cela vieillir. On pouvait rester assis, à écouter le réveil égrener les minutes, sans se sentir obligé de remplir les blancs avec des paroles. Peut-être que quand on atteignait cet âge, on avait déjà tout dit au moins une fois. David n'était manifestement pas encore arrivé à ce stade, et Mark apprécia le silence.

— Qu'est-ce que vous vouliez dire, la dernière fois ? demanda-t-il finalement.

— À quel sujet, trésor ?

— Vous avez dit quelque chose à propos des gens, de leur manière d'être, vous savez…

Il hocha la tête en direction du mur du fond.

— Vraiment ? Je n'ai aucune idée de ce que j'ai voulu dire. Je suis désolée. Parfois, je crois que je dis des choses seulement pour vérifier que ma bouche fonctionne toujours.

Il sourit. Elle désigna l'assiette.

— Prends-en un à la crème anglaise.

Il en prit un.

— Comme… le « crème Brunswick », dit-il.

— C'est vrai, acquiesça-t-elle en opinant du chef et en prenant l'autre.

Ils restèrent assis à manger des gâteaux ensemble, et à écouter le son du réveil.

Plus tard, il se réveilla.

Pendant un bon moment, il n'eut aucune idée de l'endroit où il se trouvait. Puis il tourna brusquement la tête et vit la vieille dame endormie sur son siège, le visage légèrement penché en arrière.

Il cligna des yeux, désorienté. Il jeta un coup d'œil au réveil à côté du lit et vit qu'il était 20 h 25. Il avait dû rester endormi pendant deux ou trois heures. Il espéra qu'elle avait piqué un roupillon pendant ce temps. Sinon il avait dû avoir l'air vraiment bête.

Il cligna encore des yeux, plusieurs fois, fortement, tout en essayant de maintenir sa tête droite.

Il était très fatigué, éreinté par les jours de marche, de chutes à skateboard, épuisé d'être resté sous la pluie et d'avoir pleuré. Quelque chose avait dû le réveiller, sans quoi il aurait encore probablement dormi quelques heures de plus. Il n'était toutefois pas sûr de ce que ça pouvait être.

Un bruit, peut-être ? Celui d'un faible coup ?

Quoi que cela ait pu être, tout était calme désormais. Tout ce qu'il pouvait entendre, c'était le sifflement de la respiration de la vieille dame, tandis que l'air entrait par son nez et sortait de sa bouche. Elle était assise là, si immobile qu'elle avait l'air d'être morte. Et le réveil, qui ne tiquetait toujours que pour lui-même. Le son menaçait de renvoyer Mark dans les bras de Morphée.

Il s'extirpa de la chaise. Il ferait mieux de partir.

Alors qu'il se dirigeait vers la porte, il se tordit douloureusement la jambe. Il devait l'avoir cognée vraiment fort. Ça n'avait pas fait aussi mal tout à l'heure, mais le sommeil avait permis à la douleur de s'installer.

Waouh, en fait, ça faisait vraiment, vraiment mal.

Toujours troublé, se déplaçant lentement pour ne pas réveiller la vieille dame, Mark boitilla avec précaution jusqu'à l'avant de la chambre. Il passa devant le petit fourneau. Puis il s'immobilisa.

Il y avait un minuscule tiroir en face de lui,

au milieu du bloc qui supportait le petit évier. Il l'ouvrit, se souvenant de ce qui se trouvait à l'intérieur.

Il se tourna, lentement. La vieille dame s'était endormie rapidement. Quelque chose avait dû réveiller Mark – un bruit étouffé – mais le silence était revenu à présent. Elle dormirait encore pendant des heures. Et cinq minutes, c'était tout ce dont il avait besoin.

Juste un petit coup d'œil.

Il hésita. Elle lui avait bien montré une première fois : ça ne la gênerait sûrement pas, n'est-ce pas ? Il aurait été mieux – plus poli – de lui demander à son réveil, bien entendu. Ou le lendemain. Mais elle pourrait dire « non ». Et maintenant que l'idée lui était venue, Mark se rendit compte qu'il voulait vraiment faire ce qu'il avait en tête.

Regarder encore une fois. Ça ne pouvait pas faire de mal.

Il observa la vieille dame encore un moment, puis il tira la grande clé du tiroir.

Après l'avoir précautionneusement refermé, il se faufila à travers la pièce, grimaçant de douleur. Son dos aussi lui faisait mal.

Il tourna la poignée de la porte très, très doucement, s'assurant qu'elle ne faisait aucun bruit. Puis il l'ouvrit tout aussi doucement, et la tira derrière lui tandis qu'il sortait. Il ne la ferma pas : il savait qu'il devrait revenir pour rendre la clé. Il la laissa donc entrouverte de quelques centimètres.

Il se tenait dans le grand couloir. Ses mains avaient pris une teinte jaune à cause de la faible lumière de l'ampoule qu'il avait changée. Il marcha jusqu'à la grande porte, et introduisit la clé dans la serrure. Puis il la tourna.

« Clac. » Elle s'ouvrit.

Il poussa la porte, ouverte sur les ténèbres, et entra.

Deuxième partie

Chapitre 9

La première chose qu'il remarqua une fois la porte fermée derrière lui fut que le couloir n'était pas aussi sombre qu'il l'avait cru. Il voyait toujours cette lumière grise qui provenait du fond et qui filtrait à travers les carreaux sales de la lucarne au-dessus de la cuisine. Il faisait nuit désormais, et la lumière était bien plus ténue que lorsqu'il était venu la première fois. Mais elle filtrait dans le coin jusqu'au couloir principal, soulignant les arêtes des murs.

Pourtant il faisait tout de même relativement sombre. Mark s'avança et fit courir ses doigts le long du mur de droite, jusqu'à trouver l'interrupteur.

Il l'enclencha, mais rien ne se produisit. Il n'y avait peut-être plus d'ampoule. Ce n'était pas génial, il allait être difficile d'y voir. Sans parler du fait que, maintenant qu'il s'y trouvait, l'endroit était un peu…

C'était très calme, c'est tout. Ce n'était pas effrayant. On avait l'impression de se trouver dans un château en ruine – ou dans une église – un jeudi après-midi. La mère de Mark ne croyait pas en Dieu mais elle aimait les vitraux : il s'était plus d'une fois retrouvé à déambuler dans une vieille et grosse église tandis qu'elle s'arrêtait pour contempler les silhouettes faites de lumière colorée. Mark avait remarqué que quelque chose dans ces lieux imprégnait l'atmosphère. Une pesanteur indiquant que l'endroit avait été empli de mouvements et de chants et qu'il le serait encore… même s'il semblait immobile et calme sur le moment. C'était comme un écho. On savait que quelque chose devait avoir produit le son, même si cette chose n'était plus là. La vibration persistait et le bruit nous parvenait finalement, longtemps après que l'origine du son ait disparu.

Mark progressa dans le couloir. Les lames de plancher cassées produisaient sous ses pas un faible craquement qui l'oppressait. C'était juste un endroit vide, moins effrayant même qu'une ruelle de Londres où quelqu'un pouvait surgir soudain à l'autre bout, ou d'une contre-allée que l'on n'avait pas vue. Ce lieu n'avait qu'une seule voie d'accès : la porte que Mark venait de fermer derrière lui. C'était sans danger. Très sale, et il y avait une odeur bizarre, mais sans danger.

Il était tout seul, et il pouvait explorer.

Il s'apprêtait à faire un autre pas quand quelque chose attira son regard. Il regarda plus attentivement la porte étroite qui menait à l'office du majordome. Elle était ouverte. Juste un peu.

Ne l'avait-elle pas fermée, lorsqu'ils étaient venus là l'autre jour ? Si, il s'en souvenait... pour lui montrer l'emplacement de la cire et la manière dont ils la scellaient aux jours anciens. Alors... pourquoi serait-elle ouverte ?

Peut-être parce que le sol n'était pas nivelé : elle se serait alors ouverte toute seule comme font parfois les portes. Pourtant... lorsque Mark la tira légèrement puis la lâcha, elle ne s'ouvrit pas jusqu'au point où il l'avait trouvée. Peut-être que la vieille dame était revenue seule, et qu'elle l'avait ouverte.

C'était sans doute ça. Ça ne pouvait être que ça.

Mark remarqua que son souffle était un peu moins lourd.

Il se détourna de la porte et fit quelques pas de plus dans le couloir. Il avait autre chose en tête maintenant : un léger son qu'il venait de remarquer. Un roucoulement, pensa-t-il. Un autre pigeon – ou peut-être le même – qui se serait frayé un passage à travers un carreau cassé de la lucarne, puis dans la cuisine. Peut-être qu'il savait, d'une façon ou d'une autre, que des oiseaux avaient autrefois vécu dans ce lieu, et que cela ne poserait donc aucun problème qu'ils se trouvent là. Même si les poulets étaient partis depuis longtemps.

Mais il ne s'agissait pas exactement de ce son. Ça ressemblait au roucoulement d'un pigeon, mais en plus étouffé. Un pigeon faisait *rouuu-rouuu*. Ou quelquefois *rouuu-rouuu-rouuu*. Ce bruit était plus étiré, et son rythme était différent.

Il se pencha en avant, scrutant attentivement l'intérieur du couloir latéral. Il était plongé dans l'obscurité. La faible lumière du couloir principal était occultée par le coin, et cette zone ne possédait aucune fenêtre donnant sur l'extérieur. Il loucha, laissant sa vue s'ajuster, essayant de voir si…

Il fit un brusque pas en arrière.

L'espace d'un instant, il avait cru voir une petite lueur jaune, tremblotante, à l'autre bout du couloir.

Comme une bougie, loin dans les ténèbres.

Il ferma hermétiquement ses yeux. Les rouvrit. Il n'arrivait plus à voir la lumière.

Elle n'avait probablement jamais été là. C'était seulement ses yeux qui tentaient de donner du sens aux ténèbres, en formant quelque chose à partir de rien. Il entendit de nouveau le pigeon, ou quelque chose s'en approchant. À présent, cela sonnait davantage comme un rire contenu. Pas le rire d'un homme mais plutôt celui d'une jeune femme, ou d'une fille, amusée par quelque chose qu'aurait dit un ami, mais qui essayait d'étouffer son rire afin que personne d'autre ne puisse l'entendre.

Mais il devait seulement s'agir d'un pigeon. Il pouvait également entendre à présent un léger battement d'ailes. C'était bien la preuve.

Il avait juste entendu un oiseau. C'était tout.

Il fit quelques pas de plus, se déplaçant encore plus lentement. Ce battement d'ailes n'avait pas cessé, et il savait que se retrouver confronté à un oiseau s'envolant soudain de nulle part serait plus qu'effrayant.

Peut-être, de fait, aurait-il dû s'arrêter là et ressortir. Il avait jeté un autre coup d'œil. Il n'avait pas besoin de tout voir...

Le bruit ressemblait moins à un battement d'ailes désormais. Il s'amplifiait. Non pas comme si ce qui le produisait le faisait plus vigoureusement mais comme si cela avait commencé de loin, de très loin, et que cela se rapprochait. Comme une chanson pop diffusée dans une voiture dont les vitres sont ouvertes : ça commence doucement au croisement, très doucement, puis la voiture tourne dans la rue, et ça se rapproche, et ça se rapproche...

Mark tourna rapidement la tête. Le son avait soudain augmenté en intensité. Et ce n'était définitivement pas un oiseau.

Qu'est-ce que c'était ?

Il se souvint de cligner des paupières. Il gardait ses yeux ouverts trop longtemps chaque fois, et ils devaient être en train de sécher parce que la lumière se faisait... La lumière semblait différente. Grise un instant seulement auparavant, elle était désormais un peu plus chaude. Peut-être qu'il s'y habituait tout simplement : il discernait une partie des marbrures brunes sur les murs, mais...

Il se tenait près du côté gauche du couloir : il se rendit compte que de l'autre côté du mur, se trouvait probablement un autre appartement. Un appartement situé dans une maison où tous ces vieux trucs avaient été enlevés pour que le lieu soit transformé en un endroit vivable. Entendait-il les sons de la vie d'autres personnes ? Ou de leur télévision ?

Il entendit encore le rire, mais il semblait maintenant provenir du bout du couloir, après le virage qui menait vers la cuisine. Il était plus grave, aussi. Guttural. Peut-être quelqu'un qui passait à l'extérieur, et dont la voix résonnait alentour et à travers la vitre cassée.

Mark éprouvait de la difficulté à mouvoir ses pieds. À l'arrière-plan, il entendait toujours ce qui avait battu des ailes. Mais il y avait maintenant des notes graves et aiguës. Des choses qui ressemblaient à des cliquètements, et à des bruits de ferraille, et… en fait…

C'était comme des voix.

Soudain, le bruit se fit bien plus fort, et la chaleur tapie dans les ombres explosa comme le plus petit feu d'artifice au monde vu au travers d'un brouillard.

— Dépêchez-vous, dépêchez-vous, dépêchez-vous ! dit très clairement une voix.

Et quelqu'un surgit à grandes foulées du petit couloir.

C'était un homme, habillé d'un costume noir et très cintré.

Il se déplaçait rapidement. Il parlait vite aussi, mais il était difficile de comprendre ce qu'il disait. Il se dirigea tout droit puis, passant devant Mark, marcha en hâte jusqu'à la cuisine.

Mark tomba dos au mur. Il ne pouvait plus sentir ses jambes. Sa mâchoire tremblait. Le couloir était retentissant de bruits désormais. Des bougies et des lampes à huile luisaient faiblement le long des murs, à présent voilés derrière une légère fumée.

Une femme se glissa hors de la cuisine, empruntant le chemin inverse de la silhouette que Mark venait de voir. Elle était d'âge moyen, et elle portait un paquet sous le bras. Elle se tourna pour crier quelque chose par-dessus son épaule, puis elle partit d'un rire gras et fort. Son visage était flou. Et elle passa à côté de Mark comme s'il n'était pas là.

Mark essaya de se relever. Il faisait encore plus chaud dans le couloir désormais, mais son ventre était comme rempli de glace. Il pouvait entendre le sang battre ses tempes, le martèlement de son cœur, mais à cette seconde, il s'agissait seulement de sons parmi d'autres. Il y avait des fracas de métal, des claquements, des bruits sourds en provenance de la cuisine, et la clameur rauque de quelqu'un qui aboyait des ordres vers l'entrée de la maison. Et aussi le tintement d'une cloche quelque part : pas comme une clochette dans un magasin en bas d'une ruelle, mais un « ding-ding-ding » sévère, un bruit fait pour attirer l'attention. Même après qu'elle se fut arrêtée, elle semblait continuer à sonner, comme si le bruit était devenu une substance plutôt qu'un son. Quelque chose qu'on pouvait toucher. Mark sentait que l'air lui-même commençait à prendre une texture plus épaisse, oppressante. Il était difficile à inspirer, comme s'il était trop riche, et trop chaud, et trop humide pour les poumons.

Quelqu'un d'autre passa à côté de lui. Et puis quelqu'un d'autre. Mais le temps que Mark tourne la tête, il n'y avait plus rien à voir. Tout bougeait tellement vite, et toujours à la périphérie de son champ de vision. Des odeurs lui parvenaient également : la cire des bougies, quelque chose de bon qui mijotait, un soupçon de sueur, et une légère saveur de viande, ballottées par le perpétuel mouvement tandis que les formes et les sons allaient et venaient autour de Mark, et l'épinglaient contre le mur.

Le premier homme revint vers lui, plus lentement, grommelant quelque chose d'un air sombre. Mark avait glissé suffisamment bas pour ne voir, en somme, qu'une main au bout d'une manche de costume qui passait devant son visage. Le frémissement des vêtements amidonnés. Un miroitement sur une chaussure en cuir cirée.

Une autre cloche tinta dans la cuisine et la petite femme se dépêcha de remonter le couloir, en passant devant Mark. Elle cria quelque chose à travers le salon, à l'opposé d'où Mark était tapi, avant de s'élancer dans la cuisine. Les sons d'en bas étaient plus nets que les autres. Peut-être que tout était plus net en bas – peut-être était-ce le centre, là d'où tout provenait ?

Mark entama une lente progression dans cette direction en sentant le poids de l'air et l'odeur de la fumée faire pression sur lui. C'était comme si les sensations lui tombaient dessus, comme une lourde pluie qui rendait sa progression difficile. Il peinait à faire le point sur l'endroit où il se trouvait. Tellement de choses venaient sur lui qu'il n'arrivait même plus à penser : il était seulement capable de remarquer des choses, comme le fait qu'il n'y avait désormais plus de poussière, ni sur les murs, ni sur le sol. Pas de poussière, et pourtant ce n'était pas propre. C'était comme si une pellicule de quelque chose avait été apposée sur chaque surface. Quelque chose de collant, à l'odeur terreuse.

Une porte claqua. Une femme hurla de colère. Un sifflement aigu s'éleva après que quelque chose eut été jeté sur un fourneau chaud. Puis une fille sortit en courant du couloir latéral, droit sur Mark.

Elle était vêtue d'une blouse blanche chiffonnée, et elle portait une jupe noire avec un tablier blanc. Ses cheveux étaient d'un roux clair et étaient tirés en arrière. Elle semblait avoir dix-huit ans, peut-être dix-neuf. Elle avait l'air fatiguée mais gardait le dos droit, comme si elle s'était toute sa vie déplacée aussi vite, et avec cette même intention.

Elle déboucha rapidement dans le couloir principal et Mark remarqua la manière dont elle prenait parti de la courbe à l'intersection des deux couloirs afin de gagner une demi-seconde sur le trajet, filant à toute vitesse pour accomplir une tâche indéterminée qui lui avait été assignée par la petite femme lorsqu'elle avait crié.

Alors qu'elle passait à côté de Mark, la fille écarquilla soudain les yeux et l'espace d'un instant, leurs regards se croisèrent.

Et elle laissa échapper un tout petit cri.

C'en fut assez pour Mark.

Son cri coupa court au chaos qui faisait rage dans sa tête : soudain, il bondit sur ses pieds et se mit à courir le long du couloir, loin de la cuisine et de ses bruits sourds. Il passa en trombe devant la porte de l'office, qui était maintenant grande ouverte. Il entraperçut les rayonnages de grandes et de petites bouteilles alignées, et de fromage, et au milieu, le dos d'un homme penché en avant.

L'homme commença à se relever et à se tourner, comme s'il avait entendu des pas derrière lui et qu'il s'était demandé de qui il pouvait s'agir. Une demi-seconde avant que son visage devienne visible, Mark franchit le seuil et ferma la grande porte derrière lui aussi rapidement et doucement que possible.

Il resta ainsi deux secondes, pantelant, les yeux écarquillés. Puis il introduisit la grande clé dans la serrure. Il dut utiliser ses deux mains tellement il tremblait. Le loquet était à peine fermé avec un son creux que la vision de Mark commença à revenir à la normale, comme réchauffée par les lumières électriques du plafond. Les bruits de l'autre côté de la porte avaient disparu instantanément, comme s'ils avaient été jetés d'une falaise.

Mark courut jusqu'à la porte de la vieille dame, l'ouvrit en grand… et vit qu'elle était toujours assoupie sur son siège. Il ne savait pas comment c'était possible. Elle avait certainement dû entendre tout ce bruit : la petite femme affairée avait dû sortir juste de ce côté !

Il se faufila jusqu'au tiroir et y laissa retomber la clé. Puis il quitta rapidement la pièce en fermant la porte derrière lui. Il se glissa dans l'étroit passage d'entrée puis sortit dans l'air froid de la nuit.

Celui-ci le frappa comme une vague. Il passa la main dans ses cheveux comme pour en chasser les odeurs et les sons. Il prit une série de profondes et lentes inspirations, penché en avant, les mains sur ses genoux.

Finalement, il avait vraiment, vraiment peur.

Il remonta quatre à quatre l'étroit escalier de métal, se souvenant seulement au moment où il allait déverrouiller la porte d'entrée de la maison de David qu'il ne pouvait pas rentrer par là. Il se hissa sur la clôture en métal et glissa prudemment de l'autre côté. Il avait peur de la chute. Mais il était bien plus effrayé à l'idée de rester dehors. Il voulait revenir dans sa chambre. Il voulait s'y trouver tout de suite.

Il sauta et se réceptionna avec souplesse sur le rebord de la fenêtre.

Il avança doucement, glissa ses doigts sous la fenêtre, la souleva, et passa la tête sous la guillotine. Cinq secondes plus tard il était à l'intérieur, la fenêtre était bien fermée, et tout était revenu à la normale : son lit était toujours là, sa télévision, ses vêtements, les boîtes de jeux vidéo. Le sol était jonché des morceaux du livre déchiré. Et le sac en plastique dans lequel il l'avait trouvé traînait par terre.

La chaise était toujours là, coincée sous la poignée de la porte.

Il s'approcha et la retira. Il ouvrit la porte puis se rendit dans la cuisine. Il prit au passage une canette de Coca Light dans le frigo. Il la vida d'un trait. Sa gorge était comme asséchée jusqu'à ce qu'il entame la deuxième moitié d'une autre canette qui – il fut plutôt irrité de le constater – était la dernière. David n'en achetait que trois chaque fois qu'il allait faire les courses. Mais le temps qu'il la termine, le poids qui oppressait sa poitrine avait disparu et son souffle était presque redevenu normal.

À l'étage, tout était calme. On entendait le doux murmure de la télévision.

Il n'y avait rien à signaler non plus dans la cuisine. C'était calme. Silencieux.

Rien d'autre que le bruit de ses cils qui clignaient.

Le temps qu'il regagne sa chambre, il avait remarqué une autre bizarrerie : le micro-ondes de la cuisine était équipé d'une horloge digitale et elle indiquait 20 h 35.

Il vérifia sur l'horloge du magnétoscope sous sa petite télévision, et sur la montre qu'il portait rarement mais qu'il gardait à côté de son lit. Elles indiquaient aussi 20 h 35. Il regarda les chiffres de sa montre passer de 20 h 35 à 20 h 36.

Il ne comprenait pas comment c'était possible.

À peine conscient de ce qu'il faisait, il ramassa tous les morceaux de papier sur le sol devant son lit et les mit dans le sac en plastique, qu'il cacha au fond de sa valise.

Il se mit en pyjama puis au lit. Il trouva que sa respiration était encore un peu haletante, des inspirations rapides, ce qui n'était probablement pas une bonne chose. Mais il ne savait pas comment arrêter ça. C'était réconfortant, aussi.

Il éteignit la lumière et tira les couvertures jusqu'à son menton. Il dut se souvenir de fermer les yeux, et après qu'il l'eut fait, il se sentit un peu mieux. Il pouvait humer l'odeur de la lessive qui avait été utilisée pour laver les draps, et rien d'autre : pas de fumée, pas d'odeur de cuisine, pas de cire. Il pouvait entendre deux hommes qui passaient dehors sur la place, sur le chemin d'un pub nommé *Le Temple*. Il entendit l'un des deux le dire à quelqu'un dans un téléphone portable et il écouta le son de leurs pas sur le trottoir mouillé. À une distance très lointaine, il pouvait entendre une sirène.

Il écouta chacun de ces bruits, en se concentrant autant qu'il le put. C'étaient les seules choses à entendre, et tous ces sons étaient tout à fait normaux. Il continua à les écouter, et aussi le bruit de sa respiration qui devenait plus lente et plus profonde. Il se concentra sur la sensation de l'air qui entrait et sortait de son corps. Très bientôt, il s'endormit.

À un moment de la nuit, il se réveilla, croyant entendre quelqu'un tousser à l'étage. Mais il replongea dans le sommeil.

Chapitre 10

Avant qu'arrive l'heure du déjeuner, Mark se souvenait déjà à peine de ce qu'il avait vu et il avait encore plus de mal à y croire. Même s'il avait d'abord été stupéfait, il en avait vite compris la raison.

Il avait rêvé.

Il se réveilla en sursaut ce matin-là, en entendant la porte de sa chambre s'ouvrir. David se tenait sur le seuil.

— Il y a des tartines grillées dans la cuisine, dit-il.

Il n'attendit pas que Mark réponde quoi que ce soit : il se contenta de quitter les lieux en fermant la porte derrière lui. Mark se redressa brusquement. Regarda autour de lui. Tout était normal. Il sortit du lit et remarqua tout de suite que sa jambe ne le faisait pas souffrir. Une part de lui s'était inconsciemment préparée à être incommodée. Il fut immédiatement surpris de constater qu'il n'éprouvait aucune gêne.

Il marcha en rond, pour vérifier. Non, ça ne faisait pas mal du tout.

Il alla à la fenêtre et ouvrit les rideaux en grand. Les nuages de ces derniers jours avaient disparu, et le ciel était de nouveau clair et brillant. Le fermoir de la fenêtre était enclenché, convenablement et hermétiquement.

Mark se doucha à la hâte et mangea des céréales, sans toucher aux tartines sur le porte-toasts. Une fois habillé, il se rendit au pied de l'escalier. Mais le gardien était déjà en faction. Il s'apprêtait à dire quelque chose, mais Mark se détourna et sortit de la maison.

Il marcha vite jusqu'au front de mer puis le long de la promenade. Ce matin-là, quelques autres garçons traînaient encore du côté du terrain de skateboard. Pendant un moment Mark resta assis sur l'accotement, à les observer. Lorsqu'il se mit lui-même à essayer quelques trucs, il s'aperçut qu'il se fichait bien de tomber. Il restait concentré sur ce qu'il faisait, répétant les mêmes figures encore et encore, s'absorbant entièrement dans le processus. Cela semblait être la bonne chose à faire.

Le départ de la pluie avait laissé un air plus froid qu'en début de semaine, mais Mark eut rapidement assez chaud. Il fit une pause et remonta un moment la côte, une fois de plus au-delà de la frontière de David. Les bruits du trafic là-haut, sur la route, étaient très nets. La lumière du soleil, qui se reflétait sur les galets et sur les piles de chaises en métal emboîtées à l'extérieur des cafés, était vive et brillante.

Il pouvait sentir à la fois la mer et les effluves de café provenant de lieux où on avait décidé que le temps était suffisamment au beau fixe pour ouvrir. Tout était très… réel.

Et, de fait, il était encore plus difficile de croire en quoi que ce soit d'autre.

Ça ne pouvait pas avoir été autre chose qu'un rêve. Il suffisait simplement de déterminer quand il avait commencé, et quand il s'était arrêté. Peut-être qu'il s'était endormi sur le siège de la vieille dame. Il avait ensuite rêvé qu'il s'était levé, qu'il avait volé la clé du tiroir, et qu'il s'était rendu à l'arrière de la maison. Il s'était ensuite vraiment réveillé, toujours sur le siège, déboussolé, en proie à la confusion, et avait déguerpi à l'étage.

Ça se tenait, mais il y avait aussi une autre explication.

S'il était vraiment tombé de la fenêtre, de la manière dont il croyait se souvenir, alors il aurait dû avoir mal au réveil. Peut-être qu'il n'avait jamais quitté sa chambre, et que tout n'avait été que le fruit de son imagination. Il savait que le souvenir qu'il avait d'avoir déchiré le stupide livre de David était réel. Parce qu'il avait retrouvé le sac en plastique à l'endroit où il s'y était attendu et qu'il l'avait emporté avec lui pour le jeter dans une de ces gigantesques poubelles en métal sur la promenade. Mais après ça…

Seulement un rêve.

Sauf que… sauf que ça n'avait toujours pas l'air d'en avoir été un. Même si une grande partie des souvenirs de ce qu'il avait cru voir et entendre avait pâli sous le soleil – en même temps que la peur qu'il se souvenait avoir éprouvée – il avait toujours l'impression que c'était vraiment arrivé.

Il avait déjà fait des rêves comme ça, cependant.

Après la nuit où son père avait quitté la maison, Mark avait rêvé plus d'une fois qu'il revenait. Cela faisait un an, à présent. Quand il se réveillait les matins qui suivaient ces rêves, Mark était tellement convaincu de leur réalité qu'il courait droit dans la chambre de ses parents, animé d'une joie ardente : pour finalement trouver sa mère seule dans leur lit, déjà réveillée, qui regardait fixement le plafond comme si elle était en train de lire une histoire triste écrite dessus.

Son esprit l'avait alors trompé. C'était probablement le cas cette fois encore.

Mais…

À l'heure du déjeuner, il repassa en coup de vent à la maison. Ça n'allait pas bien. Il fut admis à l'étage. Sa mère était dans le salon, adossée à des oreillers. Ses cheveux semblaient avoir besoin d'être lavés, ce qui était inhabituel. Il demanda tout de suite s'ils pouvaient aller en ville tous ensemble. Sa mère l'écouta, en hochant la tête, et Mark sentit l'espoir naître. Mais elle avait finalement cessé de bouger la tête, et avait dit que le lendemain peut-être… ce jour-là, elle se sentait un peu fatiguée.

Mark était si déçu, et si désespéré, qu'il se surprit à se tourner vers son beau-père afin d'obtenir son soutien. L'argument principal de David avait été le mauvais temps, non ? Eh bien, ce jour-là il faisait beau ! Alors…

Mais David était plus intelligent que ça, bien entendu. Il n'avait pas besoin du temps. La mère de Mark avait fait son choix.

Mark eut soudain une vision d'elle ne quittant plus jamais cet étage de la maison, se contentant de vivre là pendant des années et des années et des années. Ça ne lui ressemblait pas. Par le passé, quel que soit le lieu où ils s'étaient rendus, elle avait toujours été celle qui voulait sortir et faire des choses. La fois où ils étaient allés en Floride, c'était son père qui avait voulu rester assis au bord de la piscine et bronzer. Sa mère avait toujours emmené Mark en voiture pour voir ce qu'il y avait à visiter dans le coin, même s'il n'y avait pas vraiment grand-chose.

Elle ne se sentait pas au meilleur de sa forme, c'était évident. Elle avait besoin de quelqu'un pour la remettre sur pieds, et pour l'emmener faire les magasins. Le père de Mark aurait pu faire ça, il le savait. Il… il pouvait simplement faire des choses. C'était un vrai père. Il comprenait comment fonctionnait Brighton et le genre de choses que l'on était censé y faire. David ne connaissait pas du tout Brighton. Tout ce qu'il connaissait, c'était sa maison, et c'était donc le seul endroit où il avait toujours voulu qu'ils restent. Il ne pouvait pas recréer la vie d'avant, parce que lui-même ne l'avait pas connue, il n'en avait même pas fait partie... tout comme il n'avait jamais vu l'ex-nageuse championne du monde pingouin battre des ailes au soleil et pousser des cris rauques pendant que les bébés pingouins se dandinaient de droite à gauche.

— Mark, je suis désolée, s'excusa sa mère.

Mark hocha la tête par à-coups. Il put sentir le regard de David posé sur lui lorsqu'il sortit de la pièce.

Alors qu'il quittait la maison, il hésita au sommet de l'escalier qui menait à l'appartement de la vieille dame. Sa porte était fermée toutefois, et il ne décela aucun signe d'une présence à l'intérieur.

Il descendit jusqu'au front de mer. Tourna à droite, au lieu d'aller à gauche, et marcha aussi loin qu'il le put. Sur la fin, la promenade disparaissait : il n'y avait plus qu'un chemin d'asphalte longeant la plage de galets, et un petit café où quelques personnes étaient assises. Silencieuses, emmitouflées, elles contemplaient la mer brillante.

Rien d'autre.

Ce soir-là, ils commandèrent malgré tout de nouveau chez *Wo Fat*. Mark n'avait même pas eu à demander. Quand il était monté à l'étage après la marche de l'après-midi, le menu l'attendait déjà, déposé au bout du canapé de sa mère.

— Choisis ce que tu veux, avait dit David en passant.

Sa voix était atone. Mark eut dans l'idée qu'une discussion avait déjà eu lieu à ce sujet, et que son beau-père avait cédé.

La nourriture eut encore meilleur goût que la fois d'avant.

Quelques heures plus tard, une fois dans son lit, Mark se réveilla très assoiffé. Chaque fois qu'il était question de nourriture chinoise, David marmonnait quelque chose au sujet des glutamates. Mark savait pourtant que ça n'avait rien à voir… et qu'il n'aurait pas ce problème s'il y avait toujours assez de Coca Light pour faire couler. Son vrai père en commandait chaque fois une énorme bouteille en même temps que la nourriture, par précaution. Même si les canettes de Coca étaient sur la liste de courses – et bien censées y rester ; il y avait eu une énorme dispute à ce propos peu de temps après leur arrivée à Brighton – il semblait que David n'en achetait jamais suffisamment. Il en achetait quelques-unes, pour que personne ne puisse dire qu'il n'en prenait pas, mais elles partaient toujours très vite. David était si soigneux, si parfait. Les gens soigneux et parfaits ne buvaient pas de Coca Light.

Mark sortit du lit. L'horloge du magnétoscope indiquait minuit passé, et la maison était très calme. Apparemment, ils étaient couchés à l'étage. Il sortit de sa chambre, puis parcourut le couloir à pas feutrés jusqu'à la cuisine. Cette pièce faisait partie de celles que David avait aménagées après avoir acheté la maison. Les éléments de mobilier étaient tout neufs et il était évident que rien ne s'était jamais passé là. Une étiquette pendait toujours, accrochée au four. On aurait dit un modèle de démonstration chez Ikea : plus une suggestion de disposition qu'une vraie pièce. Le seul signe de vie était une petite tache sur le plan de travail, comme un peu de cendre. Mark l'essuya avec son doigt, et tout redevint parfait.

Il ouvrit le frigidaire, cherchant quelque chose d'autre à boire. Du jus de fruits ferait l'affaire. Il se dirigea vers un des placards muraux et l'ouvrit pour prendre un verre. C'est alors qu'il entendit quelque chose.

Il se figea, et il se souvint soudain que la cuisine du sous-sol était pourvue d'une lucarne. Ce qui signifiait qu'il n'y avait rien au-dessus. Il se tourna, estima la profondeur de la pièce dans laquelle il se tenait, et y ajouta ensuite la longueur de la pièce qui lui servait de chambre.

Puis il regarda de nouveau le placard.

C'était le mur du fond, bien sûr. Il devait y avoir un espace vide de l'autre côté. Celui-ci permettait à la lumière d'atteindre les carreaux qui formaient le plafond de la cuisine en bas.

Mark sortit de la pièce pour se rendre dans le couloir.

Oui. Sur la droite, le couloir continuait encore un peu, puis il y avait la salle de bains. Il y entra et vit, bien sûr, une petite fenêtre sur le mur de droite. Mais la vitre était vraiment dépolie, et on ne pouvait rien voir au travers… et pas seulement parce qu'il faisait nuit dehors. On ne pouvait pas l'ouvrir plus que de quelques centimètres, et certainement pas assez pour discerner quoi que ce soit en contrebas.

Il revint dans la cuisine et s'approcha de nouveau du placard. Il se tint là dix bonnes minutes en buvant tranquillement son jus de fruits. Mais il n'entendit plus rien. Il fut donc incapable de déterminer s'il s'agissait seulement d'un pigeon qui roucoulait quelque part en bas, ou bien d'autre chose.

Il eut du mal à se rendormir. Quand on tend l'oreille pour écouter, chaque bruit donne l'impression d'être quelque chose qu'il n'est pas. Mark entendait des craquements tandis que la maison se relâchait, le murmure lointain de la circulation, des bribes de conversation sur le trottoir dehors. Il entendit tousser dans la nuit, des bruits humides et rocailleux qui se poursuivirent longtemps. Il entendit le bruit de ses cheveux sur l'oreiller.

Quand il finit par se laisser emporter, son sommeil fut agité. Et quand il se leva le lendemain, il savait ce qu'il allait faire. Il devait déterminer si quelque chose s'était réellement produit, ou pas.

Et pour cela, il devait parler à une personne en particulier.

Chapitre 11

Il lui fallut un bon moment pour élaborer un plan. Il arpenta le front de mer de long en large, transportant son skateboard sans jamais le déposer. Durant tout ce temps, il réfléchit intensément. Il n'avait jamais autant réfléchi de toute sa vie, quel que soit le sujet. Mais il ne trouva rien finalement et il commença à devenir irritable, à paniquer. Il n'avait jamais essayé de faire quelque chose comme ça auparavant. D'un certain point de vue, on pouvait considérer cela comme une espèce de mensonge, supposait-il… quelque chose que l'on n'était pas censé faire. Ne pas être capable de faire une chose que l'on considérait comme mauvaise de prime abord était une sorte de frustration nouvelle et différente. Il n'aimait pas cette sensation. Il décida pourtant qu'il devait agir. Cette pensée fut la seule qui lui vint sans qu'il puisse aller au-delà. Il en allait ainsi comme pour tout le reste.

Comme pour David, en fait.

Ce fut seulement quand Mark reprit la direction de la maison qu'il eut finalement une idée. Il fouilla dans sa poche arrière, y trouva quelques livres, et modifia son trajet pour prendre la direction du *Point de Rencontre*.

La majeure partie du comptoir de la cabane consistait en un étal vitré à hauteur de taille, proposant une sélection de ce qu'on pouvait manger – tout ce qui, en fait, ne requérait aucune préparation de la part de l'étrange femme au visage de crabe. Tapie dans l'arrière-boutique, constamment enveloppée dans la vapeur et les sifflements, elle annonçait l'achèvement des petits déjeuners et des sandwichs toastés par un faible croassement à travers le haut-parleur. Comme un genre d'orc cuisinier.

Dans la vitrine, il y avait des desserts, des roulés à la saucisse, des sandwichs, des petits pains avec une vingtaine de préparations différentes. Des salades. Des gros trucs qui ressemblaient à des gâteaux, couverts de crème. Des gâteaux au fromage. Et d'autres articles plus désuets…

Mark se pencha et chercha attentivement jusqu'à ce qu'il trouve ce qu'il cherchait. Puis il se redressa et sourit à l'une des serveuses d'Europe de l'Est qui, plantée là, attendait sa commande.

— Un rocher, s'il vous plaît, demanda-t-il.

Il déjeuna avec sa mère et David, dans la chambre à l'étage. Sa mère avait l'air d'aller bien. Elle se leva même pour jeter un coup d'œil par la fenêtre, vers la mer. Elle s'était lavé les cheveux, et ils étaient de nouveau épais et bruns. Elle n'alla pas jusqu'à évoquer l'idée d'aller faire du shopping, mais elle parla de beaucoup d'autres choses, comme du fait que les murs de l'escalier avaient besoin de plus de tableaux. Et quelques-unes de ces choses impliquaient l'idée de se rendre en ville à un moment ou à un autre. Mark avait commencé à comprendre qu'il allait devoir jouer sa tactique : il ne la poussa pas. Et il ne donna aucune raison concrète à David de s'y opposer.

Au lieu de ça, il se contenta d'écouter, de discuter, sachant que les choses commençaient à aller dans son sens. Particulièrement lorsque sa mère dit, avec une certaine fermeté, qu'elle voulait sortir dîner ce soir-là.

— C'est super, répondit David.

La mère de Mark et lui en discutèrent, cherchant les endroits où ils pouvaient se rendre – et qui disposaient d'un parking –, sollicitant même de temps à autre l'opinion de Mark. Les noms des lieux évoqués ne disaient rien qui vaille au garçon : aucun n'avait une consonance même vaguement orientale, ou ne s'appelait « *La Grande Récré des Nems* ». Mais son esprit était ailleurs et il les laissa s'en occuper.

Il les quitta alors qu'ils étaient toujours en train d'en parler, et descendit l'escalier.

Il patienta deux heures, jusqu'au milieu de l'après-midi. C'était le bon moment. Puis il sortit de la maison et marcha le long de la place : d'un bout à l'autre, puis en sens inverse. Ainsi, si jamais quelqu'un l'observait, il aurait l'air de revenir du bord de mer.

Lorsqu'il revint à la maison, il prit une profonde inspiration et descendit l'étroit escalier en métal. Rien ne se produisit après qu'il eut frappé à la porte : son cœur commença à sombrer. Il ne lui était pas venu à l'esprit qu'elle puisse être absente.

Puis il entendit finalement des pieds qui traînaient, et un « clac ». La porte s'ouvrit.

— Bonjour, salua la vieille dame.

Mark montra le sac en papier marron.

— Je suis passé devant un endroit et ils avaient ça, dit-il. Je me demandais si vous en voudriez un.

Elle lui prit le sac et regarda à l'intérieur.

— C'est très gentil, remercia-t-elle. Je suis un peu fatiguée aujourd'hui. Je ne pourrais pas affronter une promenade. Très paresseux de ma part, je sais.

Mark haussa les épaules, sourit, recula d'un pas. Il savait qu'il ne devait pas avoir l'air trop avide de rentrer, que le rocher devait passer pour un cadeau, et rien de plus.

— Cool, dit-il.

La vieille dame ouvrit un peu plus la porte.

— Voudrais-tu entrer et le partager avec moi ? On dirait que je n'arrive jamais à en terminer un toute seule. Mais je crois bien t'avoir déjà dit ça.

Le plan de Mark était simple. Il voulait simplement voir si la vieille dame disait quelque chose qui lui faciliterait la tâche afin de déterminer à quel moment le rêve avait commencé l'autre nuit. Mais maintenant qu'il était bel et bien là, il se rendait compte que la manière d'aborder le sujet posait problème.

Il essaya de dire qu'il avait passé la journée de la veille à s'entraîner sur son skateboard, en espérant qu'elle réponde quelque chose comme : « Ta jambe ne te fait pas trop mal ? ». Mais elle se contenta de sourire, comme s'il avait dit qu'il avait passé son temps à essayer de faire tenir une loutre en équilibre sur sa tête. Et il comprit qu'il était même possible qu'elle ne sache pas ce qu'était le skateboard.

Ils mangèrent chacun une moitié du gâteau. Et cette fois-là, parce qu'il savait à quoi s'attendre, Mark trouva le goût plutôt agréable. Une fois qu'il eut terminé, se rendant compte à quel point c'était maladroit, Mark dit qu'il avait trouvé ça vraiment bon, meilleur même que les cookies. La vieille dame se contenta de hocher la tête.

— Les vieux gâteaux sont les meilleurs, acquiesça-t-elle.

— Même si j'aime aussi ceux à la crème anglaise, ajouta astucieusement Mark.

— Très bons, approuva-t-elle en omettant de faire référence au crème Brunswick, ou à quoi que ce soit d'autre qui aurait aidé Mark à déterminer si cette partie des événements s'était réellement produite.

C'était comme de se heurter à un mur de briques. Mark supposa qu'il pouvait simplement aller droit au but et lui demander : « Hum, est-ce que vous avez ouvert votre porte, il y a deux jours, pour me retrouver étendu dans votre cour ? » Mais si elle répondait « oui », le cœur du problème restait toujours irrésolu.

Il essaya donc autre chose.

— J'ai fait un rêve bizarre l'autre nuit.

Elle garda un instant le silence.

— Vraiment ? demanda-t-elle finalement en se tournant pour le regarder.

Il n'avait jamais vraiment remarqué à quel point ses yeux étaient vifs. Les yeux de la plupart des vieilles personnes avaient l'air vagues et humides, mous et roses autour des paupières – comme si une existence passée à regarder les choses les avait complètement desséchés. Les siens n'étaient pas comme ça. Ils étaient très clairs, et gris, et semblaient pouvoir regarder très loin.

Il y avait quelque chose dans la franchise de son regard, combiné à la manière dont elle avait dit « vraiment ? », qui l'amena à se questionner sur ce qu'elle demandait exactement. Disait-elle « vraiment ? » d'une manière polie, comme « Ah oui ? » ou « Ah bon ? »... ou bien demandait-elle quelque chose d'autre ? Demandait-elle en fait si ce dont il parlait n'avait été qu'un rêve ?

— Oui, répondit-il.

— Je ne rêve jamais, continua-t-elle avant de regarder ailleurs.

La conversation semblait terminée. Mark dut enchaîner laborieusement sur des termes techniques de skateboard, mais il pouvait constater que l'attention de la vieille dame déclinait. Il faisait très chaud dans la petite pièce, et la fenêtre n'était même pas entrouverte. Le réveil tiquetait sourdement dans le fond. La vieille dame commençait à avoir l'air un peu somnolente et Mark n'avait fait strictement aucun progrès. Il continua à chercher une manière d'aborder le sujet et resta coincé en circuit fermé sur les différents aspects de la promenade, et quand finalement il releva la tête, il vit qu'elle s'était endormie.

— C'est dingue, souffla-t-il.

Sa bouche s'était légèrement ouverte, et elle n'avait pas l'air très digne. Il commença à se lever, sachant qu'il serait plus poli de laisser la vieille dame se reposer seule.

Ce ne fut qu'ensuite qu'il comprit qu'elle venait peut-être de lui fournir un autre moyen de répondre à sa question.

Il se rassit et patienta cinq minutes, en écoutant le son de sa respiration. Elle se faisait plus lente, plus régulière, jusqu'à ressembler à la mer, bruissant d'avant en arrière contre les galets sur la plage. À un moment, elle se racla la gorge, changea légèrement de position, puis ferma la bouche.

Après cela, elle parut s'être endormie encore plus profondément.

J'ai entendu un bruit, décida Mark en la regardant. *J'ai cru entendre quelque chose de l'autre côté du mur. Je m'inquiétais: ça aurait pu être des cambrioleurs, ou des vandales ou... quelque chose. J'ai emprunté la clé juste pour aller voir, et vérifier. J'espère que ça ne posait pas de problème...*

Il se leva doucement, expérimentant un étrange et soudain sentiment de déjà-vu, s'attendant presque à ce que sa jambe lui fasse mal. L'impression était si forte qu'il ne pouvait en fait même pas dire si c'était le cas ou non.

Il prit la clé dans le tiroir et marcha sur la pointe des pieds jusqu'à la porte. Il s'arrêta pour l'observer une minute encore. Mais elle était bel et bien endormie.

Puis il se faufila dans le couloir, et déverrouilla la porte.

Chapitre 12

Il faisait moins sombre cette fois-là. Le temps dehors était meilleur que lors de sa première (et unique ?) visite : davantage de lumière filtrait donc jusqu'à la cuisine, au fond. L'ambiance grisâtre était suffisamment lumineuse pour que, lorsque Mark ferma la grande porte derrière lui et se retourna pour regarder l'étendue du couloir, il se sente comme dans un étage abandonné, inconnu de tous. Rien de plus.

La porte qui menait à l'office du majordome était pourtant fermée de nouveau, ce qui lui fit faire une pause d'une seconde. Jusqu'à ce qu'il comprenne que s'il s'était agi d'un rêve l'autre nuit, cela signifiait simplement qu'elle était restée fermée depuis la première fois que la vieille dame lui avait montré les lieux. Les deux fois où il était venu ici, indubitablement réveillé, elle avait été fermée. Dans l'intervalle de temps entre les deux… elle ne l'avait pas été.

Peut-être était-ce la preuve dont il avait besoin ? Juste là.

Il progressa jusqu'à l'interrupteur, puis l'enclencha. Une faible lumière lui parvint à travers le couloir. C'était peut-être une autre preuve. Il avait rêvé qu'il ne fonctionnait pas. Pourtant, il fonctionnait. Indubitablement.

Il fit quelques pas de plus, et emprunta le passage latéral. La chambre du majordome était exactement telle qu'il s'en souvenait lorsque la vieille dame la lui avait montrée. Juste un enchevêtrement de meubles brisés à côté de la porte. La petite ouverture de l'autre côté, celle par laquelle il (avait rêvé qu'il) avait entraperçu une lueur de bougie, au loin dans les ténèbres, n'avait pas non plus l'air d'avoir changé. C'était mort, encombré et ça sentait le moisi. Il était difficile d'imaginer que quelqu'un ait jamais passé du temps ici.

Il longea le couloir principal jusqu'à la cuisine. Il n'y avait pas de pigeon à demeure cette fois-ci et, malgré une persistante odeur lourde et rance, peut-être même pire que la première fois, les lieux étaient vides et silencieux.

Tandis qu'il entrait, son regard fut attiré. Il s'accroupit, et remarqua le reflet de quelque chose à moitié caché sous un petit tas de bois pourri dans le coin. C'était une cuiller à thé. Très petite, ternie et légèrement tordue.

Un souvenir, néanmoins. Définitivement. Il la garda au creux de sa main en se relevant.

Il explora tous les coins de la pièce pendant dix

minutes, à la fois soulagé et déçu. La poussière ici était très réelle, et elle lui rappela autre chose qu'il avait remarqué dans le rêve l'autre nuit. Il n'y avait pas eu de poussière. Le lieu avait semblé enfumé, saturé d'odeurs, et avec un genre de pellicule sale partout, mais pas poussiéreux. Il aurait dû s'en rendre compte avant. Il remarqua aussi que s'il se tenait exactement dans la bonne position, légèrement sur un côté de la lucarne, un fragment d'un des carreaux – qui n'avait pas été cassé, souillé par un oiseau ou recouvert de décennies de saletés – était assez propre pour qu'on puisse discerner, à travers, un bout de la fenêtre dépolie des toilettes, au premier étage de la maison de David. Voir cela, pouvoir se connecter visuellement depuis cet endroit à un élément reconnaissable du monde extérieur, tout cela rendait tout l'épisode du rêve encore plus difficile à croire.

Il fureta néanmoins un peu plus longtemps dans le coin. C'était encore très chouette. Quand on se tenait dans la pièce où la viande était autrefois stockée, on pouvait presque encore imaginer l'odeur. Même si on savait que c'était juste celle du caca de pigeon mêlée à un effluve métallique piquant, issu de la rouille qui couvrait la plupart des surfaces. Il revint au centre de la cuisine, tournant encore et encore la cuiller dans ses mains : il l'observa à la lumière venue d'en haut, et essaya d'imaginer une époque où elle avait fait partie des nombreuses pièces d'argenterie perpétuellement en mouvement dans cette pièce. Il admira sa surface interne couverte de rayures, en se disant qu'il était probablement temps de partir.

— Que faites-vous avec cela ?

D'un coup, la cuiller avait quitté sa main. Et Mark releva la tête pour voir qu'un homme se tenait devant lui.

Cet homme-là, en fait. Celui vêtu d'un costume noir cintré. Il scrutait la cuiller. Il la tenait comme si son existence même annonçait un grave bouleversement de toutes les lois de Dieu définissant ce qui était acceptable dans le monde.

Mark le regarda attentivement.

— Et pour être plus précis, qui pouvez-vous bien être ? demanda l'homme en tournant la tête pour observer Mark avec intensité, comme un aigle ayant repéré sa proie.

L'homme était grand et anguleux, avec un front large et des cheveux gris métallique qui avaient l'air d'avoir été coupés et coiffés à l'aide d'une règle et d'une paire de ciseaux.

— Et pour l'amour du ciel, que signifient ces vêtements ?

Mark était à peu de chose près incapable de dire quoi que ce soit. Il était trop occupé à constater que la substance de l'air s'était mise à changer – que la lumière venue du dessus avait décliné, comme si les rayons du soleil sous lesquels il avait marché le matin même étaient désormais incapables de les atteindre, comme si quelque chose de plus épais et de plus visqueux les avait remplacés.

L'homme en costume fit élégamment volte-face, brandit la cuiller et l'agita de manière impérieuse.

— Martha, dit-il. L'une des vôtres, je présume ?

Une femme superbement grosse apparut soudain à la droite de Mark. Ses cheveux étaient gris, et attachés de manière chaotique au sommet de sa tête. On aurait dit qu'elle avait commencé à parler au milieu d'une phrase, ou bien il semblait que son discours avait émergé hors du sourd mais grandissant vacarme ambiant : un bruit, quelque chose comme un battement d'aile, que Mark reconnut.

— … Et assurez-vous que leurs plateaux soient vraiment propres, cette fois. Ils restent sales quoi que j'y fasse.

Elle prononçait « fois » plus comme « foaa », et quelques-uns des autres mots sonnaient un peu bizarrement aux oreilles de Mark. Son visage était d'un rouge brillant et elle suait comme un cochon. Elle arracha la cuiller à l'homme, cracha dedans et la briqua sur un tablier qui, à une époque, aurait très bien pu avoir été blanc.

— Sûr, qu'elle l'est, assura-t-elle. La question est : qu'est-ce que vous faites avec, monsieur Maynard ? J'crois savoir que vous n'aimez pas salir vos mains.

Puis elle rit, très fort, et pendant un long moment.

— Ce jeune monsieur l'avait en sa possession, reprit l'homme lorsqu'elle s'arrêta finalement. Avez-vous aucune idée de ce qu'il pourrait faire ici ?

La femme – Martha – grimaça, dévoilant une rangée de dents dans laquelle apparaissaient des trous significatifs.

— Il arrive en même temps que le dernier morceau de bœuf, dit-elle, je pense qu'il pourrait faire une bonne tarte. Qu'en pensez-vous ?

Mark cligna des yeux, n'ayant aucune idée d'à quel point il fallait prendre ça au sérieux. Il avait chaud, maintenant, très chaud. Probablement à cause de la chaleur qui émanait du fourneau près de lui. Ce dernier émit brusquement un son qui s'étira en longueur, comme une toux profonde et grondante.

Martha et l'homme se tournèrent tous les deux pour regarder le fourneau d'un air dubitatif.

— Ça le fait encore, constata Martha.

Une bonne partie de l'entrain dans sa voix avait disparu.

Une cloche se mit ensuite à sonner, de manière insistante, et Mark constata qu'une rangée de celles-ci était apparue sur un des murs de la cuisine. Il prit également conscience que quelqu'un entrait dans la pièce derrière lui, et il se tourna lentement pour voir une jeune fille trapue, habillée en uniforme gris, s'y précipiter.

—Je viens de l'étage au-dessus, dit-il à qui voudrait l'entendre.

—Au-dessus ? répéta immédiatement l'homme en costume, comme si Mark avait dit venir de Mars. Alors comment êtes-vous descendu ici ?

—Ce doit être un ami de Maître Tom, murmura la fille en robe grise tandis qu'elle passait en se hâtant.

Elle parlait doucement, comme s'il y avait un risque. Son visage était pâle et légèrement couperosé.

—La famille reçoit des visiteurs de Londres aujourd'hui, n'est-ce pas ?

Lorsqu'elle arriva dans le coin au fond de la cuisine, elle disparut, s'évaporant tout net. Mark put entendre le son de ses pas sur le bois, comme s'ils montaient rapidement à l'étage.

—Cela se pourrait, dit l'homme costumé. Cela se pourrait… très bien. Mais néanmoins je le répète, et cette fois-ci dans l'espoir d'une réponse : comment est-il descendu jusqu'ici ?

Il se tourna vers Mark avec une expression à la fois irritée et déférente, et se pencha vers lui une fois de plus.

—Mon jeune monsieur, quel est votre nom ?

—Mark, répondit Mark.

—Mark, reprit l'homme. Mark. Je vois. Je vois. Et comment en êtes-vous arrivé à vous retrouver ici-bas, Maître Mark, si je puis me permettre de m'enquérir ?

Mark désigna du doigt le couloir qui conduisait vers l'avant de la maison.

— Je, heu… Par là, hésita-t-il.

— Aha, chanta l'homme en souriant légèrement, et triomphalement. Pas par les escaliers de derrière ?

— Non.

— Mais par ceux de devant.

— Oui.

L'homme hocha vivement la tête. Il ressemblait maintenant à un poulet à qui on avait finalement prouvé qu'il disait vrai sur un point longtemps et âprement disputé.

— Cela vous ennuierait-il de m'accompagner ?

Mark se retrouva à suivre l'homme – M. Maynard – hors de la cuisine, puis dans le couloir. Des lueurs tremblotantes sur les murs dispensaient une lumière encore insuffisante. Les faibles ampoules qui pendaient du plafond avaient disparu. C'était devenu enfumé, aussi, très enfumé. Des particules suspendues dans l'air oscillaient au ralenti comme une sorte de pluie sombre et sans poids. Il régnait partout une forte odeur, comme de la graisse rance. Le bruit provenant des fourneaux avait également augmenté, et la dernière vision qu'il eut de Martha fut brève : elle se tenait devant, l'air contrarié, les mains sur les hanches.

Il était seulement à mi-chemin du passage lorsqu'une autre personne apparut… la petite femme que Mark avait aussi vue l'autre nuit. Elle était entrée par la porte du fond, la porte principale.

Même si cette porte demeurait fermée.

— Madame Wallis, dit l'homme en costume, d'un ton désinvolte. Je me demandais si je pouvais vous emprunter un moment de votre temps si précieux.

— Si vous faites vite, répondit la femme. Et essayez de ne pas être exaspérant.

— Ce jeune monsieur était dans la cuisine.

— Bien, bien.

La femme baissa les yeux sur Mark.

— Bonjour, mon jeune monsieur. Et d'où venez-vous ?

— D'en haut, répéta Mark une fois de plus.

C'était à peu près la seule chose dont il était sûr, et il avait décidé qu'il continuerait à le dire.

— Il est entré dans les quartiers par l'avant, madame Wallis. Par votre zone d'influence, pour être clair.

— L'a-t-il fait, vraiment ?

— Il l'a fait. Trouvons-nous cela acceptable ? Tenons-nous table ouverte ?

— Je ne l'ai pas vu, conclut la femme en haussant les épaules. Et maintenant, si c'est tout, monsieur Maynard...

— Non, ce n'est pas tout, reprit l'homme, et Mark remarqua qu'il devenait vraiment furieux. Nous avons parlé de cela avant. Si quelqu'un comme ce jeune gentleman peut se frayer un chemin ici, alors n'importe quel vagabond ou voleur peut faire la même chose. Est-ce un état de fait que nous souhaitons encourager ?

— Non, bien entendu, coupa Mme Wallis. Mais je ne l'ai pas vu. Je vous l'ai dit.

Les deux commencèrent ensuite à se disputer, tenant des propos qui avaient l'air d'être coutumiers. Mark fut néanmoins distrait. D'abord de remarquer que la fumée, lorsqu'elle tombait finalement sur le sol, s'y amassait en petits tas d'apparence humides. Puis par le bruit des pas.

Il se retourna pour voir que quelqu'un se ruait hors du passage latéral, peut-être convoqué par la sonnerie d'une nouvelle cloche qui venait de retentir dans la cuisine. Une cloche au timbre grave et sinistre.

C'était la fille qu'il avait vue quand il était venu là avant. Celle avec les cheveux roux. Une fois encore, elle lui jeta un regard en passant… et elle s'arrêta cette fois tout net.

— Bonjour, monsieur, salua-t-elle, hésitante.

M. Maynard et Mme Wallis se retournèrent tous deux pour la regarder.

— Emily ? Connaissez-vous ce jeune gentleman ?

— Non, monsieur… Non, monsieur Maynard, reprit la fille.

Mark savait qu'elle ne disait pas toute la vérité : elle l'avait reconnu. Et elle était la seule à lui avoir, d'une quelconque manière, jeté un regard lorsqu'il s'était rendu ici l'autre nuit.

— Bien, dépêchez-vous alors, ordonna sèchement Mme Wallis. J'entends des cloches, pas vous ? Filez.

Les cloches continuaient effectivement à sonner, mais ce n'était pas la seule chose que Mark pouvait entendre. Il y avait également un autre son. C'était comme…

C'était une sirène de police.

Assez lointaine mais elle se rapprochait, comme si une voiture de patrouille passait le long de la route du bord de mer. Mark s'aperçut qu'il ne pouvait plus entendre M. Maynard et Mme Wallis aussi distinctement qu'avant, même s'ils étaient encore en train de discuter âprement tous les deux et que leur dispute s'envenimait. L'air semblait s'épaissir, il déviait le son de leurs voix et le lui renvoyait d'une manière qu'il ne pouvait pas saisir.

Il ne faisait plus si chaud dans le couloir désormais, et la lueur qui réchauffait les murs, depuis le moment où l'homme en costume avait arraché la cuiller à Mark, faiblissait. Il vit que les murs étaient tachés là où la fumée s'y était amassée. Elle glissait jusqu'au sol en laissant derrière elle des taches noires. Tout redevenait plus sombre.

Oh non, pensa-t-il, et son cœur fit un bond. *La sirène…*

Il savait qu'il devait sortir de là, tout de suite, avant que la sirène réveille la vieille dame. Il avait laissé le tiroir ouvert dans sa chambre, pour faciliter le retour de la clé quand il reviendrait. Elle le verrait dès qu'elle se réveillerait, et saurait immédiatement ce qu'il avait fait.

— Excusez-moi, dit-il avec empressement. Pardon ! Je dois partir.

Aucun des deux ne semblait être en mesure de l'entendre maintenant. La femme ponctuait un argument en appuyant son doigt sur la poitrine de l'homme. Il ne le prenait pas très bien. Mark dit « Excusez-moi » encore une fois, plus fort même, toujours sans obtenir de réponse. Il ne pouvait pas les contourner : ils bloquaient tout le couloir.

La sirène augmenta en intensité quand la voiture atteignit le bout de la place. Mark décida qu'il ne pouvait pas attendre plus longtemps.

Il avança vers eux, prêt à se compresser entre M. Maynard et Mme Wallis, juste pour se frayer un passage, de force si nécessaire. Mais quand il arriva à leur hauteur, la température dans le couloir chuta brusquement et… ils disparurent.

L'élan que Mark avait pris était tel qu'il fut projeté contre le mur à travers l'espace désormais vide où l'homme s'était tenu. Il était seul maintenant. La lumière était revenue à un doux gris. La fumée était partie.

Il saisit la poignée de la porte principale, soudain convaincu qu'elle ne s'ouvrirait pas, que les règles du monde avaient changé et qu'il serait coincé dans le couloir pour toujours... mais elle tourna doucement et il passa rapidement de l'autre côté. Il verrouilla la porte et se dépêcha d'aller droit dans la chambre de la vieille dame, tandis que le son de la sirène commençait à faiblir.

Elle était en train de changer de position et ses lèvres produisirent un petit son mouillé. Mark se rua sur le tiroir et y remit la clé. Il le ferma aussitôt en le faisant glisser et il fonça ensuite pour atterrir aussi doucement que possible sur son siège.

Il y parvint, le cœur battant, juste au moment où les paupières de la dame s'ouvraient lentement.

— Pauvre de moi, dit-elle. Je... reposais seulement mes yeux.

— Pas de problème, assura Mark en maintenant le niveau de sa voix avec peine. Vous avez dit que vous étiez fatiguée.

Elle se redressa.

— Est-ce que j'ai manqué quelque chose ?

— Oh non, répondit Mark. Rien du tout.

Chapitre 13

Mark but une autre tasse de thé avec elle. Bizarrement, la tasse était encore chaude : il pensait pourtant être resté dans les quartiers des domestiques au moins vingt minutes, peut-être plus. Puis il partit.

Il se rendit droit à la promenade et descendit l'une des courtes volées de marches en pierre. Puis il avança jusqu'aux galets, et continua sur quelques centaines de mètres avant de s'asseoir brusquement, le dos contre le mur.

Après quelques minutes, il leva lentement ses mains pour les regarder. Puis il se tourna pour regarder l'épaule gauche de sa veste.

Même si l'homme en costume avait pris la cuiller des mains de Mark, le garçon était quand même revenu avec un souvenir. Ses mains et sa veste étaient souillées des résidus de poussière et de fumée qu'il avait vus au sous-sol.

Impossible de nier qu'il s'y était rendu.

Il resta assis jusqu'à ce que son derrière devienne douloureux, puis il se leva et marcha. Il dirigea ses pas à travers les bosses et les dépressions des bancs de galets, à un demi-mètre du rivage. La marée était basse, et après avoir marché sur quelques centaines de mètres, il se retrouva tout près des montants rouillés de l'embarcadère Ouest. Il se tint là, les mains enfoncées dans ses poches, et observa l'araignée métallique bancale et tordue qui semblait surgir de l'eau. La dernière fois qu'ils étaient allés à Brighton avec le vrai père de Mark, seule une cabane en bois, peut-être une baraque à tickets, s'accrochait encore. Ultime témoignage d'une époque révolue. Elle avait disparu depuis, victime d'une tempête quelconque : elle s'était disloquée puis était tombée à la mer. Lorsqu'on marchait le long de la ligne de maisons de Brunswick, si on jetait un coup d'œil dans les petites cours en sous-sol, on apercevait parfois, sous des morceaux de bois ou de métal, des morceaux du vieil embarcadère – souvent assez gros – qui avaient été rejetés sur le rivage et que les gens avaient ramassés, puis rapportés chez eux. Des souvenirs, sans doute, comme si les gens essayaient de garder vivace la mémoire de l'embarcadère.

Mark était hébété. Il ressassait encore et encore ce qui venait de se passer, essayant d'y trouver un sens. D'une manière ou d'une autre, une fois qu'il avait franchi la porte, quelque chose s'était produit. C'était arrivé, en l'occurrence, il ne le comprenait pas encore. Mais il savait maintenant qu'il n'avait pas rêvé, l'autre nuit. Pas complètement, du moins. À la façon dont elle l'avait regardé, il était évident que la fille, Emily, l'avait reconnu. Tout comme il l'avait reconnue. D'une façon ou d'une autre, et contrairement aux autres personnes qu'il avait rencontrées, elle l'avait vu la première fois qu'il y était allé (ou la seconde, si on comptait la fois où la vieille dame lui avait fait visiter). Quelque chose d'autre reliait également les deux visites. Plus Mark y réfléchissait, plus il se rendait compte qu'il était tout simplement impossible que le thé dans la tasse de la vieille dame soit resté chaud. Il était resté avec elle au moins dix minutes après qu'elle l'eut remplie pour la dernière fois, avant même qu'elle s'endorme. D'accord, il faisait chaud dans la pièce. Mais si on ajoutait le temps qu'il avait passé dans… l'autre endroit, il aurait dû refroidir.

Mais maintenant il se souvenait aussi d'un détail de sa première visite. Quand il s'était réveillé dans la chambre de la vieille dame, l'horloge indiquait 20 h 25. Ensuite, après être resté derrière au moins dix minutes, et après avoir remis la clé dans le tiroir et pris un verre dans la cuisine, elle n'indiquait que 20 h 35. Il était certain de ces heures. Ces indices lui avaient permis de déterminer que toute l'expérience n'avait été qu'un rêve.

Mais comme ce phénomène s'était de nouveau produit, il savait que ce qui venait de se passer ne pouvait pas être un rêve. Les rêves ne laissaient pas de poussière sur les mains, ou de taches sur les épaules d'une veste.

Il n'était pas sûr de ce qu'il avait vu ni de l'endroit où il était allé, mais c'était réel.

Tandis qu'il rebroussait chemin le long du rivage, sans faire attention aux oiseaux de mer qui tournoyaient et au murmure des vagues, Mark savait qu'une autre question restait sans réponse. Si sa visite précédente avait elle aussi été réelle, alors cela signifiait que toute la visite avait été réelle. S'il avait vraiment glissé depuis le rebord de sa fenêtre, s'il avait vraiment freiné sa chute en s'accrochant aux montants de la barrière, et s'il avait vraiment atterri dans la cour en contrebas, alors pourquoi sa jambe ne l'avait-elle pas fait souffrir le lendemain ? Pourquoi ne ressentait-il aucune douleur depuis ?

Il avait subi un bon nombre de chutes ces trois, presque quatre, dernières semaines. Il était habitué à ne pas en tenir compte.

Mais c'était justement ça : il s'était accoutumé à ne pas faire attention aux blessures et à la douleur. Et malgré le coup qu'il avait pris en tombant dans la cour, il ne ressentait toujours pas de douleur. Comment était-ce possible ? Il se souvenait qu'il avait éprouvé de la difficulté à se lever de son siège dans la chambre de la vieille dame, qu'il avait fortement boité en revenant dans sa chambre, et il s'était endormi convaincu que cela ferait un mal de chien au réveil. Mais ça n'avait pas été le cas.

C'était un petit mystère, au regard de tout le reste, mais qui le rongea pendant tout le chemin du retour.

Lorsqu'il referma la porte derrière lui, il remarqua tout de suite quelque chose. Une odeur ténue, légèrement aigre. Il renifla, essayant de deviner ce que c'était. Cela lui rappela l'odeur à laquelle il avait été confronté sous l'escalier. Mais il savait aussi, maintenant qu'il l'avait remarquée, qu'elle avait déjà été présente à l'étage.

Il entra dans sa chambre et resta un moment assis sur le lit. Il ne se sentait pas l'envie de lire – ce n'était pas comme s'il avait quelque chose de nouveau à lire, bien sûr – ni de jouer aux jeux vidéo. Il resta simplement assis, comme il l'avait fait sur la plage, à regarder par la fenêtre. Même si ce qui était arrivé plus tôt avait été étrange, et magique, cela lui avait laissé une impression confuse. Il aurait pu s'interroger sur sa santé mentale – il avait entendu parler de gens qui devenaient cinglés, qui se mettaient à croire qu'ils voyaient des choses qui n'existaient pas. L'une de ses propres grands-mères avait fini un peu comme ça, lui avait-on raconté. Mais ce n'était pas ça.

Il ne lui était rien arrivé de mal, mais les événements de l'après-midi lui avaient laissé une sensation de pesanteur. Il ne cessait de penser au changement qui était survenu chez la cuisinière, à son expression lorsqu'elle avait ri, puis à celle qu'elle avait affichée lorsqu'elle avait regardé le fourneau. Son visage avait changé de manière radicale ; aussi irréversible que la destruction de l'embarcadère Ouest.

À 18 heures, il quitta sa chambre dans l'intention de se rendre à l'étage. Il s'était souvenu qu'ils devaient sortir ce soir-là : c'était quelque chose qu'il attendait avec impatience. Il hésita pourtant dans le couloir et, avant de monter, il fit un détour par la cuisine.

Il regarda derrière lui, vers l'avant de la maison, et estima la distance. Quand la fille en robe grise avait disparu, elle devait s'être trouvée à l'endroit où il se tenait à l'instant… un étage en dessous, bien entendu.

Il observa attentivement l'autre bout du couloir. Au bout d'un moment, il prit conscience qu'un renfoncement sur le côté, juste avant la porte de la salle de bains, créait une petite alcôve. Celle-ci abritait désormais un portemanteau auquel était suspendu le manteau de sa mère. Celui-ci n'avait d'ailleurs pas été dérangé depuis un bon moment. Mais peut-être que…

Il avança et se tint dans l'alcôve. Oui, on pouvait y caser un petit escalier. La vieille dame avait dit que les domestiques avaient leur propre escalier, qu'ils n'étaient pas autorisés à utiliser le principal.

L'homme en costume avait également mentionné un « escalier du fond ».

La fille en robe grise avait disparu dans le coin.

Il regarda en l'air, essayant de se figurer le palier à l'étage au-dessus sans y parvenir. Il gravit alors le vrai escalier et jeta un coup d'œil. Il y avait en effet un autre petit renfoncement. Ce devait être l'endroit où il aboutissait.

Même si bien sûr, il n'y aboutissait plus ici et maintenant.

Alors qu'était-il arrivé à la fille ? Où était-elle partie, et de quelle manière ?

Avant de se rendre chez sa mère, il remarqua quelque chose d'autre sur le mur, à droite de l'étage. Même si les surfaces avaient été récemment peintes en blanc – une partie de la nouvelle décoration dans laquelle David s'était lancé avant qu'ils emménagent –, si on y regardait de plus près, on pouvait voir une bande horizontale, longue de quelques dizaines de centimètres et large de un. Comme s'il y avait eu autrefois à cet endroit une tablette, où des plateaux pouvaient être déposés puis emportés.

Mark regarda de nouveau en direction de l'alcôve. Deux parties d'un petit escalier. Ramasser le plateau, puis disparaître de nouveau dans le monde inférieur, en bas. En se déplaçant vite et en étant synchrone on pouvait passer inaperçu. L'espace d'un instant, Mark se demanda si cela se produisait toujours. Et si tout simplement personne ne regardait jamais au bon moment.

Il secoua la tête. Quelle idée stupide !

David sourit brièvement lorsque Mark entra, mais il ne dit rien.

Sa mère était sur le canapé. Elle portait une robe de chambre par-dessus sa chemise de nuit. Mark comprit tout de suite que quelque chose ne tournait pas rond. Elle prenait d'ordinaire un temps fou pour se préparer. Elle aurait déjà dû avoir commencé.

Mark ralentit le pas. Il glissa jusqu'au fauteuil et se percha sur l'accoudoir le plus proche d'elle.

— Comment te sens-tu ?

— Bien, répondit-elle en souriant gaiement. Comment était ta journée ?

— Oh, tu sais…, poursuivit-il. Du skateboard et d'autres trucs.

— Pas de blessures ?

— Non. Alors… On va où, ce soir ?

Sa mère le regarda un instant. Puis son regard glissa. Vers David.

— On se demandait si on n'allait pas encore commander, dit David avec une expression de joie forcée.

Mark sourit, mais seulement dans sa tête.

— Je croyais qu'on sortait.

— Ta mère est un peu fatiguée, expliqua rapidement David. Alors, qu'est-ce que tu en dis : *Wo Fat* ?

— D'accord, acquiesça Mark. Si tu insistes.

Mark eut de nouveau la responsabilité de la commande, et il prit exactement la même chose que la fois précédente, plus des boulettes vapeur. Ils s'assirent tous les trois autour de la table. La télévision était éteinte, comme s'il s'agissait d'un vrai dîner. Les fourchettes dans les bols faisaient beaucoup de bruit.

— Ces rouleaux de printemps sont vraiment bons, dit David.

Mark ne releva pas. David essayait juste d'en faire son truc. Ça ne fonctionnerait pas. Et le plus amusant, c'était que les rouleaux ne lui semblaient pas si bons ce soir-là. Tout en mâchant lentement son deuxième, Mark essaya d'en comprendre la raison. Tout était chaud, tout avait le goût habituel, mais… il avait la tête ailleurs. Il réfléchissait à ce qui s'était passé dans l'après-midi ; il revenait dessus comme on revient toujours avec la langue sur une dent descellée. Mais il n'y avait pas que ça. Pendant qu'il pinaillait avec son riz sauté spécial, il se rendit compte que ce qui était spécial avec la nourriture à emporter, c'était qu'elle l'était, spéciale. Bien sûr c'était vraiment génial, mais surtout parce que ça n'arrivait pas tous les jours. Même si le choix du menu de ce soir-là signifiait en quelque sorte que

Mark avait gagné, il n'avait pas cette impression. Le chinois une fois par semaine, c'était super. Tous les autres soirs… vraiment moins bien.

Mais ça n'était pas la seule explication. La mère de Mark avait dit au déjeuner qu'elle voulait sortir ce soir-là. Et pourtant, lorsqu'il était arrivé, il ne l'avait pas trouvée habillée pour sortir. Elle n'avait donc même pas été jusque-là avant de décider qu'ils ne sortiraient pas.

Mark se demanda si elle avait jamais vraiment considéré la chose.

Il se demanda, sans vraiment formuler sa pensée, si sa mère s'était en fait mise à parler des choses au lieu de les faire. Il se souvint que ses plans n'avaient rien de spécifique lorsqu'elle avait mentionné l'autre jour l'idée d'aller en ville. Elle n'avait pas dit « Oh, j'ai vraiment envie d'aller à *La Boule de la Sorcière* » – un petit magasin en désordre dans les Passages, sur deux étages, qui vendait des vieilles cartes et des gravures, et des cartes postales, et d'autres trucs. Le père de Mark avait dû littéralement l'en sortir de force, lors de précédentes visites. Elle n'avait pas non plus mentionné *Aux Livres de Brighton*, alors que leur maison à Londres avait autrefois abrité des rayonnages entiers de précieuses trouvailles dénichées là-bas (les livres étaient maintenant dans des cartons restés fermés, au dernier étage de la maison de David). Aucune allusion à un magasin de vêtements spécifique, à une boutique de chaussures, ou à quoi que ce soit d'autre. Elle avait juste parlé de sortir, de manière générale. Comme si la parole était censée remplacer l'action.

Comme si elle n'avait jamais vraiment voulu sortir.

Mark ne se sentit pas lésé, et il ne se soucia pas de la possibilité qu'elle ait pu le tromper sur ses intentions. Ce qui l'inquiétait, c'était l'idée qu'elle ne s'en rendait peut-être même pas compte.

— Ils annoncent du beau temps pour demain, dit David d'un ton agaçant.

— Super, grommela Mark.

— S'ils ont raison, qu'est-ce que vous diriez de sortir de cette maison ? proposa-t-il. Il serait temps.

Mark leva les yeux. C'était presque comme si David avait été capable d'entendre ce qu'il était en train de penser. Son beau-père avait l'air absorbé par la répartition de la sauce de soja sur son riz.

— Jeter un coup d'œil aux magasins, ajouta-t-il, ça te dirait ?

Mark se tourna pour regarder sa mère, qui mettait un temps fou pour venir à bout d'un petit bol de *chow mein*.

— Ce serait formidable, dit-elle. Oui. Allons-y. Le mur a besoin de… plus de tableaux. L'escalier aussi. Tu ne trouves pas ?

Mark était d'accord. Mais il l'était aussi lorsqu'elle l'avait dit la première fois.

Ils mangèrent en silence pendant encore dix minutes. Mark s'apprêtait à poser sa fourchette – après avoir seulement mangé la moitié de ce qu'il aurait dû enfourner en temps normal – lorsque sa mère émit soudain un bruit bizarre.

Son visage avait pris une couleur étrange. Blanc, mais pas seulement. Un peu comme du lait caillé. Ou de la crème.

David se leva avant même que Mark ait la moindre idée de ce qui allait se passer. Il passa un bras derrière le dos de la mère de Mark et la mit rapidement sur ses pieds, lui faisant traverser en hâte le salon et la chambre jusqu'à la petite salle de bains.

Il l'y conduisit juste à temps, mais il n'eut pas l'occasion de fermer l'une des portes qui les séparaient du garçon assis à table. Entouré par de la nourriture en train de refroidir, Mark tenait toujours sa fourchette à la main.

Il entendit vomir.

Cela dura un long moment.

Chapitre 14

Il ne dormit pas bien. Et lorsqu'il se réveilla le lendemain, il sut qu'il avait passé une bonne partie de la nuit à faire des rêves, même s'il ne pouvait se souvenir d'aucun. À l'exception d'un seul.

Il était sur le front de mer, exactement dans la même position que dans le rêve qu'il avait fait quelques nuits auparavant, après avoir joué au football avec son père. Il faisait alors jour, ou c'était la fin de l'après-midi. La plage était anormalement déserte. Même par le temps le plus froid et le plus humide, il y avait toujours quelqu'un qui promenait un chien ou qui scrutait la mer, emmitouflé dans un épais manteau. Mais dans le rêve de Mark, il n'y avait absolument personne, nulle part. Sauf…

Il pouvait voir le dos de quelqu'un qui se tenait dans l'eau, à trois mètres environ du rivage.

Mark quitta le banc et descendit les marches vers la plage. Tandis qu'il foulait les galets, il remarqua que le son qu'ils produisaient était différent de celui qu'ils faisaient en temps normal. Ce n'était pas le crissement habituel, mais un battement, comme des ailes, un son qui semblait toujours sur le point de se muer en quelque chose d'autre. Quand il arriva sur le rivage, il se rendit compte que la silhouette dans la mer portait une robe de chambre. L'eau lui arrivait à mi-cuisses.

— Bonjour, dit-il. Tout va bien ?

Mais la personne, qui avait d'épais et longs cheveux châtains, ne se retourna pas. Mark continua à avancer jusqu'à ce que l'eau lèche ses pieds, si froide que ses jambes commencèrent à se raidir. Il appela encore, mais il n'y eut toujours pas de réponse. Il poursuivit donc sa marche en luttant contre l'eau, et contourna la silhouette, qui restait simplement immobile. Il appela une dernière fois, puis fit lentement un autre pas qui l'amena en face. Il ne voulait pas savoir qui était cette personne. Mais il comprenait également qu'il devait le découvrir. Il leva les yeux vers son visage.

La personne était maintenant tournée de l'autre côté et regardait vers la plage.

Mark fit quelques pas rapides en arrière vers le rivage, mais quand il regarda encore, il ne put voir que le dos de la silhouette, comme si elle faisait de nouveau face à la mer. Alors qu'il s'éloignait d'elle en titubant, il s'aperçut que la silhouette avait disparu, et que l'embarcadère Ouest se dressait de nouveau, gris et légèrement penché comme il l'avait été dans ses dernières années, mais entier.

Une silhouette solitaire s'y tenait, à l'extrême bord.

Tandis que Mark l'observait, elle se pencha lentement en avant.

Dès qu'il fut habillé, il sut ce qu'il devait faire. Il monta d'abord à l'étage. Sa mère était au lit : elle dormait. David laissa Mark rester là un moment, pour la regarder, et le ramena ensuite dans le salon en fermant doucement la porte de la chambre.

— Je ne pense pas que nous sortirons aujourd'hui, dit-il. Un médecin viendra plus tard.

— Venir ici ? Elle ne devrait pas aller à l'hôpital ?

— Peut-être. Nous verrons. Qu'est-ce que tu… ?

Mais Mark avait déjà quitté la pièce. Il ramassa son skateboard en chemin et se dirigea droit vers le front de mer. Les types de la météo s'étaient trompés, comme toujours. Les nuages gagnaient déjà du terrain au-dessus de la mer, comme s'ils s'étaient massés de l'autre côté de l'horizon pendant la nuit, se rassemblant en amas denses et mouillés, pour planifier un assaut contre la terre.

Mark se rendit sur le terrain de skateboard et le dévala d'un bout à l'autre pendant un moment. Pendant les heures qui suivirent, d'autres enfants arrivèrent, et se mirent à faire des figures. Mark les observa sans y prêter un grand intérêt. L'idée d'être capable de faire tourner la planche, d'exécuter un *double heel*, de passer des cent quatre-vingts ou quoi que ce soit d'autre, avait cessé d'être excitante. Il comprit que la seule chose qu'il désirait vraiment, c'était de continuer à se propulser de long en large, de long en large.

Il ne faisait vraiment ça que pour tuer le temps.

Il revint sagement à la maison pour le déjeuner et prit une poignée de trucs au hasard dans le frigo. David était allé faire les courses apparemment. Il y avait au bas mot deux canettes de Coca Light. Chaque fois qu'il y allait maintenant, il en rapportait moins. Comme s'il y mettait un point d'honneur. Mark avait compris, mais il n'allait pas laisser faire son beau-père.

La première chose qu'il fit lorsqu'il revint sur le front de mer fut de s'arrêter dans l'un des cafés et d'acheter trois canettes de Coca Light. Même s'il faisait trop froid pour les boissons fraîches et qu'il avait vite commencé à se sentir bilieux et gelé à la fois, il s'assit à l'une des tables et but les canettes, une par une.

À 15 heures, il se rendit au *Point de Rencontre*. Il s'était mis à bruiner depuis, mais on voyait toujours l'horizon. Quand il arriva finalement au comptoir, il commanda ce dont il avait besoin et se dépêcha de remonter vers la route avec son sac en papier brun.

Lorsqu'il arriva à la maison, les nuages au-dessus étaient encore plus denses, et la pluie empirait.

Il faisait assez sombre pour qu'il distingue une légère lueur derrière les épais rideaux en dentelle de l'appartement en sous-sol. Il glissa presque le long de l'étroit escalier métallique et, pendant qu'il frappait à la porte, il sut que sa soudaine irruption allait sembler bizarre.

Mais il n'avait pas le choix. Il devait y retourner.

La porte s'ouvrit au bout d'environ deux minutes. La vieille dame le regarda, puis elle regarda le sac qu'il tenait.

— Eh bien ça, dit-elle. Nous en sommes devenus fous, n'est-ce pas ?

La pièce était aussi chaude que d'habitude, ce qui était une bonne chose. Le « tic-tac » du réveil était toujours aussi lourd et rythmé. Le thé toujours épais et marron, et le rocher le meilleur entre tous. Tout était comme il fallait.

À l'exception d'un détail. La vieille dame n'était manifestement pas aussi fatiguée, ce jour-là. Mark eut l'idée de lui poser des questions sur Brighton, sur la manière dont les choses se passaient autrefois. Cela leur permettrait de poursuivre un moment. La ville avait été manifestement « racée » à une époque. Un terme qu'il ne comprenait pas et qui semblait impliquer de la danse, des hommes et des femmes qui n'étaient pas vraiment mariés l'un avec l'autre. Il apprit que la ville, à l'origine, n'était guère plus qu'un village de pêcheurs, jusqu'à ce qu'un vieux roi ou un prince s'en entiche et que tous les gens de

Londres à la mode y descendent. Il apprit plus tard que l'endroit sur le front de mer avec les deux ou trois petits bateaux tirés à sec sur les galets – près de l'hôtel où l'on n'avait pas servi Mark quelques jours auparavant – était le coin où les pêcheurs tiraient autrefois leurs filets pour décharger les prises du jour. Tout cela était plus ou moins intéressant, mais ça n'aidait pas. Tandis qu'elle parlait, les yeux de la vieille dame restaient clairs et brillants, et Mark se sentit de plus en plus tendu. Alors qu'elle remplissait pour la deuxième fois la théière, il décida d'essayer quelque chose d'autre.

Il commença à parler de skateboard.

Il put immédiatement dire – comme il l'avait suspecté la fois précédente – qu'elle n'avait qu'une vague idée de ce que cela signifiait. Il devint bientôt évident que même si elle avait remarqué des jeunes gens qui glissaient dans tous les sens avec des roues sous les pieds, elle avait accepté le phénomène sans y accorder un grand intérêt, ni vraiment le comprendre. Comme quelqu'un qui aurait été vaguement conscient qu'on pouvait trouver des tas de varech sur la plage certains matins, alors que d'autres matins non, sans se sentir obligé d'y accorder beaucoup d'importance.

Aha, pensa Mark.

Il revint sur les essentiels. Son père lui avait acheté plusieurs livres sur le sujet, et des vidéos aussi. Mark était très bien informé. Il lui parla des premiers prototypes de skateboard. Il lui parla de cette rue à Santa Monica, en Californie, où on pouvait se laisser glisser le long du trottoir et ressentir des sensations proches de celles du surf. Le premier lieu de naissance du sport.

Il lui raconta… beaucoup de choses.

Bientôt, et même si elle semblait assez contente de l'écouter, il remarqua que ses yeux n'avaient plus l'air aussi brillants. Il poursuivit péniblement, épuisant les caractéristiques techniques, et se retrouva finalement à parler de choses auxquelles il n'avait jamais vraiment pensé auparavant. Il se rendait compte que le skateboard, en lui-même, était parfaitement équilibré. Si on le posait simplement sur le sol, et qu'on le laissait tranquille, tout allait bien. C'était seulement quand on montait dessus, et qu'on essayait de faire quelque chose, que ça se compliquait.

Le skateboard n'était pas le problème, comprit-il soudain. Le problème, c'était la personne qui se tenait dessus.

Après avoir considéré cette idée sous différents angles, il était tellement enthousiaste qu'il aurait presque voulu redescendre sur le front de mer et essayer encore un peu, pluie ou pas.

Mais quand il leva les yeux, la vieille dame était endormie.

Il n'eut aucune hésitation cette fois. Il se leva, prit la clé, et sortit dans le couloir. Il se pouvait qu'elle découvre ce jour-là ce qu'il avait fait. C'était sans importance.

Il devait le faire de toute façon.

Le couloir derrière la porte avait l'air aussi calme et mort qu'il l'était toujours dans un premier temps. Mais cette fois, Mark ne s'y trompa pas. Aussi il ne traîna pas dans le coin, mais se dirigea droit vers la cuisine. Il déambula quelques minutes, dans l'espoir de trouver un autre souvenir. Mais il ne fut pas surpris de rapidement commencer à entendre – ou à sentir – un certain bruit sorti des profondeurs de son esprit.

L'atmosphère commençait à se réchauffer, très rapidement.

Puis il y eut un grand bruit. Le fourneau éructa et toussa. Un feu était soudain allumé dans sa partie inférieure, alors que le reste restait poussiéreux et recouvert de rouille. Chaque tressautement semblait envoyer d'épaisses bouffées de cendre à travers la pièce.

La couleur de l'air s'était également mise à changer, mais la pièce était toujours déserte. Mark s'apprêtait à aller voir si quelque chose se passait dans le couloir principal, lorsqu'il s'aperçut que quelqu'un se tenait derrière lui.

Il se tourna pour se retrouver face à la jeune femme de chambre, Emily. Elle le regardait avec une expression mêlée de curiosité et d'exaspération.

— Encore vous ! s'exclama-t-elle.

— Je viens d'en haut, s'excusa rapidement Mark.

— Je sais cela, rétorqua-t-elle. Vous êtes Maître Mark. Martha l'a dit. Mais les invités de la famille sont rentrés chez eux. Ils sont repartis à Londres.

— C'est vrai, dit rapidement Mark. Mais… je reste quelques jours de plus. Pour être avec…

Il se tortura les méninges, essayant de se souvenir du nom qu'il avait entendu. Il y parvint finalement.

— Maître Tom.

Elle continuait à le regarder. Mark pensa qu'elle devait être étonnée par ses vêtements, qui étaient, il s'en aperçut, très différents de tout ce qu'il avait pu voir ici-bas.

— C'est ce qu'ils portent à Londres, tenta-t-il.

Un puissant claquement retentit soudain à l'avant de la maison, et il comprit que ce qu'il avait lu sur le visage de la jeune fille n'était peut-être pas de la curiosité, après tout. Elle était épuisée, et inquiète. Peut-être même effrayée.

— Vite, dit-elle en attrapant sa main. Vous ne voulez pas qu'on vous trouve ici. Pas aujourd'hui. M. Maynard… il n'est pas de bonne humeur.

Elle le tira à travers la cuisine jusqu'à la petite porte d'un des celliers, de l'autre côté de la pièce.

— Rentrez là-dedans.

Mark plongea dans la petite pièce. La première fois qu'il était venu là, avec la vieille dame, la pièce était vide. Désormais, des bouteilles, de petites boîtes en bois et des choses emballées dans du papier brun puis liées avec de la ficelle étaient alignées sur les rayonnages. La pellicule malsaine qu'il avait vue auparavant recouvrait tout, comme si quelque chose suintait de l'ensemble.

Il s'était presque installé lorsqu'il entendit une voix furieuse dans la cuisine.

— En haut ? hurla l'homme.

Pendant un terrible instant, Mark pensa qu'il parlait de lui.

— Et qu'est-ce que Mme Wallis peut bien faire en haut ? Je lui ai donné l'instruction de me retrouver ici, n'est-ce pas ? Est-ce que je me trompe ?

— Non, monsieur Maynard, répondit respectueusement une voix.

Mark la reconnut… c'était Martha. Il se déplaça pour pouvoir l'observer.

La cuisinière se tenait devant le fourneau. Elle avait l'air épuisée, et mal à l'aise, mais elle parcourut rapidement la distance entre le four et la table maintenant réapparue au centre de la pièce, transvasant la nourriture d'un point à un autre, et encore. Derrière elle, sur le mur du fond, il remarqua pour la première fois une paire d'éviers. Des casseroles immondes et des plats étaient déjà entassés en hautes piles dans l'un d'entre eux.

— Alors pourquoi n'est-elle pas ici ?

— J'sais pas vraiment, monsieur Maynard, marmonna la cuisinière.

Le majordome continua à fulminer tandis que la cuisinière et Emily – et ensuite l'autre fille, celle habillée en gris – s'agitaient en tous sens. Alors que Mark observait, il remarqua que Martha avait l'air de préparer plusieurs repas à la fois… ou l'un après l'autre. Elle semblait d'abord faire un petit déjeuner mais les choses qu'elle déplaçait, qu'elle coupait et qu'elle cuisinait ensuite donnaient l'impression d'être plus appropriées pour un dîner. Puis elle coupait des sandwichs mais immédiatement après, elle revenait de la réserve de viande, grognant sous l'effort, en tirant un énorme quartier de bœuf. Même d'où il était, Mark pouvait sentir que quelque chose clochait. Dans le même temps, les cloches du mur du fond s'étaient mises à sonner. Juste l'une d'entre d'elles d'abord, puis toutes à la fois.

M. Maynard restait au milieu, absolument immobile, n'offrant aucune aide, simplement de plus en plus en colère. Mark se rendit également compte, en observant, que l'état du fourneau, et des bougies, empirait encore. Quelque chose produisait en tout cas de plus en plus de fumée : ce genre de fumée noire et visqueuse qu'il avait remarquée lors de sa dernière visite, qui restait suspendue dans les airs et glissait lentement vers le sol pour s'amasser en petites congères.

Et pas seulement sur le sol, d'ailleurs. Elle se posait sur les épaules de Martha, et sur la table, et elle tombait sur la nourriture.

Soudain, le majordome se tourna vers le bout du passage principal.

— Enfin, soupira-t-il. Nous allons pouvoir savoir de quoi il retourne, maintenant.

Mme Wallis entra en trombe dans la cuisine.

— Monsieur Maynard, articula-t-elle, manifestement déjà furieuse. Vous et moi, nous devrions avoir une conversation.

— Ce serait avec plaisir, répondit le majordome.

Maintenant, il avait aussi des tas de suie gris-noir sur ses épaules et ses cheveux.

— Je vous ai attendue. Pendant un bon moment…

— Je suis la gouvernante ici, dit Mme Wallis. Cela signifie que j'ai la responsabilité de cette maison, au cas où vous l'auriez oublié. Qu'est-ce qui vous permet de penser que vous pouvez parler à Madame derrière mon dos ?

Elle se tenait bien droite devant M. Maynard, son menton pointé en avant vers l'homme plus grand qu'elle. Elle n'avait pas l'air de remarquer le liquide vert sombre qui suintait des cheveux du majordome, dégoulinant en fines coulées sur son visage.

— Vous vous trompez, déclara-t-il. C'est vous qui avez outrepassé votre position. Et ce n'est pas la première fois.

— Vous n'êtes qu'un idiot, monsieur, cracha Mme Wallis.

Elle tourna les talons et sortit.

M. Maynard la suivit, et leur dispute résonna bruyamment tandis qu'ils s'éloignaient.

Mark laissa quelques secondes s'écouler avant de sortir de la réserve. Emily était introuvable. Les cloches sur le mur ne cessaient pas de sonner, de manière chaotique et désynchronisée, produisant un brouhaha déchirant qui lui donnait l'impression que quelqu'un enfonçait des crayons taillés en pointe dans ses oreilles. L'air devenait épais et orageux, comme si une tempête s'introduisait depuis l'extérieur, traversant les briques. Le sol de la cuisine était désormais tellement recouvert de tas de suie noire et détrempée qu'il était difficile de rester debout sur ses pieds.

Martha pleurait.

Cette vision stupéfia Mark. Cette énorme femme à l'air capable, toujours allant et venant entre le fourneau et la table – et la réserve de viande, et la laiterie – laissait des larmes couler doucement sur son visage. Alors que de prime abord ses mouvements avaient paru fluides et assurés, elle semblait maintenant se cogner un peu partout, comme si chaque objet conspirait à se mettre sur son chemin.

Il n'y avait pas qu'elle. La fille en gris surgit en courant dans la cuisine, en provenance du couloir principal, l'air harassé, prête à s'effondrer. Elle glissa et faillit finir sur le dos. Mark remarqua pour la première fois que l'angle qui joignait le passage et la cuisine était aussi adouci et arrondi. Alors qu'il jetait un coup d'œil autour de lui, il s'aperçut que chaque angle, chaque jointure à l'intérieur des quartiers, était conçu de la même manière : toutes les rudes arêtes avaient été supprimées pour privilégier la rapidité. Comme si tout ce qui se passait en bas faisait partie d'une gigantesque machinerie.

— Vous devez partir, dit une voix. (Et Mark se retourna pour voir Emily qui sortait en trottant des escaliers de service.) Maintenant. Je ne sais pas ce qui serait le pire : que M. Maynard vous trouve, ou bien Mme Wallis.

Elle essaya de le pousser vers l'escalier de service, mais Mark planta ses talons dans le sol.

— Je ne peux pas remonter par là, dit-il.

— Si vous êtes rapide, personne ne vous verra, insista Emily.

Sa voix semblait étouffée, comme si elle était fatiguée à force d'essayer de se frayer un chemin à travers l'air lourd et malsain. Elle paraissait également offensée.

— Juste pour une fois, un jeune maître peut bien emprunter le chemin des domestiques, non ?

Mark voulait lui dire que cela n'avait rien à voir avec le fait de ne pas vouloir utiliser l'escalier des domestiques – ou qu'il pensait que c'était indigne de lui – mais qu'il ne savait pas ce qui lui arriverait s'il le faisait.

Heureusement, il n'eut pas à le faire. Les cloches redoublèrent soudain d'intensité, et Emily fila en direction de Martha. Le visage de la cuisinière était de nouveau sec. Elle avait l'air résignée et concentrée, comme si elle tentait de gagner une course alors qu'elle était loin derrière les autres coureurs. Elle tenait un plateau de nourriture dans une main, prêt pour le ramassage, les yeux déjà rivés sur la tâche suivante… même s'il ne pouvait certainement pas être encore l'heure d'un autre repas.

– Allez! dit Emily en revenant. Partez maintenant. S'il vous plaît.

Mark s'en alla, mais pas par le chemin du fond. Il courut à travers la cuisine en direction du passage de devant. Tandis qu'il dépassait le couloir latéral, il entendit les échos de la dispute dans la chambre du majordome. Les voix s'élevaient, mais elles étaient maintenues à un niveau raisonnable, afin que les classes inférieures ne puissent pas les surprendre.

Il entendit aussi un fracas de casse dans la cuisine, et il sut ce qui s'était produit. Emily avait glissé, ou trébuché… et le plateau de nourriture était tombé.

Les voix dans la chambre du majordome se turent brusquement.

Mark commença à courir avant qu'ils sortent en trombe pour répandre leur colère sur l'équipe dans la cuisine. Il attrapa la porte et la tira à lui sans même se soucier si la vieille dame pouvait être réveillée.

Cela n'avait pas d'importance… ça n'avait même pas d'importance si elle le surprenait. Il devait juste sortir avant d'être vu. Il respirait difficilement. L'air était engorgé d'un épais brouillard, qui semblait sec en tombant mais remontait comme une profonde toux de glaire sombre.

Dès que la porte fut fermée derrière lui, la texture et la couleur de l'air s'éclaircirent de nouveau, comme si elles avaient été remplacées par leur reflet dans un miroir. Il se rendit dans la chambre de la vieille dame. Elle était encore assoupie. Il replaça la clé et sortit. Il ne voulait pas lui parler.

Il ne voulait parler à personne, sauf à sa mère.

Elle était toujours au lit lorsqu'il monta. David était assis dans l'autre pièce. Sa mère était réveillée, mais elle donnait l'impression d'être très fatiguée. Lorsqu'elle sortit une main pour prendre celle de Mark, il remarqua pour la première fois à quel point ses poignets étaient devenus fins. Elle lui sourit.

— Comment s'est passée la journée ? demanda-t-elle, et Mark se rendit compte que c'était la seule question qu'elle lui posait dorénavant.

— Bien, dit-il, comme il répondait toujours.

— Est-ce que ça va si tu te trouves quelque chose à manger en bas ce soir ? Je me sens un peu exténuée.

D'une certaine manière, sa voix s'était transformée la semaine passée. Elle avait toujours été ferme. Les contours de chaque mot avaient été précis et définis. Désormais, c'était comme si elle était assise sur un nuage. Assise… ou à moitié gisante dans une position qui comprimait sa poitrine, qui l'empêchait d'inspirer suffisamment pour expulser correctement chaque mot.

Il acquiesça, et jeta un coup d'œil dans l'autre pièce. David était toujours assis là, à sa place. Les yeux rivés sur la fenêtre et la nuit.

— Est-ce que tu vas devoir aller à l'hôpital ?

Pendant un bref instant, sa mère ne répondit rien.

— Peut-être, souffla-t-elle.

Chapitre 15

Mais le jour suivant lorsqu'il monta dans sa chambre au milieu de la matinée, elle était en robe de chambre, assise sur le canapé. David était posté sur le fauteuil, montant de nouveau la garde.

— Est-ce que le docteur vient ? demanda Mark.

Elle secoua la tête.

— Alors tu vas t'habiller, et aller à l'hôpital ?

— Je me sens un peu mieux aujourd'hui, dit-elle. Je pense que je vais voir comment ça se passe.

Elle n'avait pas l'air d'aller mieux. La lumière avait quitté sa peau : elle semblait grise. Elle n'avait pas l'air mieux du tout.

— Mais tu as dit que…

— Si elle ressent le besoin de s'y rendre, elle ira, l'interrompit David. Maintenant, pourquoi est-ce que nous…

— Si elle en a besoin ? Tu ne crois pas qu'elle en aurait besoin maintenant ?

— Ta mère a…

— Qu'est-ce qui cloche chez toi ? hurla Mark. Pourquoi est-ce que tu ne l'obliges pas à y aller ?

Elle a besoin d'aller à l'hôpital, pas de rester assise ici dans cette chambre horrible. Pourquoi est-ce que tu la retiens ?

— Il ne me retient pas, objecta la mère de Mark. Je fais ce que je…

— Il devrait *t'obliger*, dit Mark. Il devrait t'obliger à y aller.

Il tenta d'appeler son père d'une cabine située à proximité du *Point de Rencontre*. Il aurait dû le faire avant, il s'en rendait compte. Son père aurait fait en sorte que sa mère aille à l'hôpital, s'il avait été là. Il en aurait débattu avec elle et au final, elle aurait cédé, comme Mark l'avait déjà vue faire. Si David ne l'obligeait pas à y aller, le vrai père de Mark l'aurait fait, lui. Depuis longtemps.

Mais son père n'était pas à la maison. Et quand Mark essaya sur son portable, il n'y eut qu'une sonnerie, qui se mua ensuite en une tonalité d'erreur, comme si le téléphone ne fonctionnait plus. Il appela encore une fois le numéro de la maison et n'obtint aucune réponse. Il s'apprêtait à laisser un message lorsqu'il se rendit compte qu'il n'avait rien à dire à un répondeur.

Il raccrocha brutalement le téléphone et marcha jusqu'à la plage, en colère. Il devait pouvoir y faire quelque chose, avant que l'influence de David empire encore les choses. Mark pourrait essayer d'en discuter avec elle, mais il savait que ça ne marcherait pas. Il n'était qu'un enfant, et les adultes ne prenaient jamais au sérieux ce que les enfants avaient à dire, même s'ils avaient incontestablement raison. Il aurait pu essayer d'appeler ses grands-parents – même les mères doivent de temps en temps écouter leur propre mère – mais ils étaient morts, bien entendu. Il n'avait pas de numéro pour joindre la meilleure amie de sa mère, et il savait de toute façon que cet appel ne changerait rien. Même si elle l'écoutait, la mère de Mark ne voudrait pas l'écouter, elle.

Il était assis là depuis presque une heure, les yeux rivés sur la mer, retournant les choses encore et encore dans sa tête, lorsqu'il entendit quelqu'un marcher dans sa direction sur les galets.

Il descendit jusqu'au niveau où Mark était assis et s'arrêta là, à environ deux mètres de distance.

— Est-ce qu'elle va à l'hôpital ?

— Non, répondit David.

— Pourquoi ? Pourquoi est-ce qu'elle n'y va pas ?

— Parce qu'elle ne veut pas.

— Tu dois l'obliger à y aller. Elle ne m'écoutera pas.

David s'assit sur les pierres, prenant ses genoux dans ses bras, et le regarda.

— Elle t'écoute, Mark. T'écouter ne signifie pas que l'on doive simplement faire ce que tu dis. Mais elle écoute, et elle se préoccupe de ce que tu penses. Je m'en préoccupe aussi, mais…

— Non, tu t'en fiches, tonna Mark. Tu crois que je suis dans ton chemin, tu veux seulement changer les choses jusqu'à ce qu'elles soient exactement de la manière dont tu veux qu'elles soient. Tu veux que tout le monde fasse ce que tu veu*x*.

— Non, Mark. Vraiment.

— Alors qu'est-ce qui se passe avec le Coca Light, hein ? Pourquoi tu fais ça ?

David eut l'air perplexe.

— De quoi tu parles ?

— Tu sais ce que je veux dire. Ne fais pas semblant. Tu sais que j'aime le Coca Light. J'en réclame toujours. Alors pourquoi tu n'en rapportes jamais assez ?

— Parce que c'est lourd, dit David.

— Quoi ?

— C'est lourd. Ta mère boit beaucoup d'eau. Celle du robinet n'a pas très bon goût ici. Elle n'aime pas ça, de toute façon. Alors chaque fois que je vais au supermarché, je ramène environ dix grosses bouteilles d'eau minérale. Plus de la nourriture. Plus les autres choses dont nous avons besoin. C'est l'enfer pour se garer, alors je marche. Je ramène autant de Coca Light que je peux en transporter.

— N'importe quoi, objecta Mark. Tu penses simplement que je ne devrais pas en boire.

— Mark, je me contrefiche que tu boives du

Coca. En principe, ta mère n'est pas très enthousiaste à l'idée, mais j'estime que ça n'a pas d'importance. Il y a de l'aspartame dedans, et alors ? Autant que je sache, ça n'a encore jamais tué personne. Le jus de fruits est plus naturel mais c'est plein de sucre et ça va te pourrir les dents. Et je n'ai aucune idée de ce qui est le pire à long terme. Je n'ai pas eu le temps de prendre des cours pour être père avant que tout ça arrive, alors je suis un peu vague sur ce truc. Tu devrais sûrement toi aussi boire de l'eau en bouteille, mais tu es un enfant. Tu boiras donc ce que tu veux et franchement… je m'en fiche, tout simplement.

Mark le regarda, ne sachant pas s'il devait y croire. Il sentait qu'il était d'une certaine manière sorti de la route, que David l'avait bluffé en l'écartant de ce qui était important.

— Je ne te crois pas.

— Tu veux plus de soda, j'apporterai plus de soda. Sur la liste des choses à propos desquelles je me prépare à me soucier en ce moment, ce n'est pas très haut classé.

— Oui, acquiesça Mark, y voyant une occasion. Tu devrais t'inquiéter de trouver un moyen de l'emmener à l'hôpital. Pour qu'elle aille mieux.

David se mordit la lèvre et regarda la mer un moment.

Quelque chose s'arrondit dans la position de ses épaules.

Quand David se tourna vers lui, ce qu'on pouvait lire dans ses yeux bloqua les mots dans la gorge de Mark.

— Ta mère a un cancer, annonça David.

Mark écouta, sans rien dire, pendant que David expliquait que sa mère avait quelque chose de très sérieux, une maladie dans ses poumons. Elle n'était pas seulement malade. Ce n'était pas quelque chose comme un coup de froid, ou une douleur d'estomac, que l'on pouvait supporter un moment et qui partait ensuite. Pas comme le soleil qui se levait toujours le matin, peu importait combien de temps la nuit avait paru durer. C'était quelque chose qui pouvait faire en sorte que la nuit tombe, et qu'elle reste.

— Elle ne veut pas encore aller à l'hôpital, dit David. Si elle voulait, nous retournerions à Londres, pas ici. Les hôpitaux sont meilleurs là-bas. Surtout pour ça. Mais ce n'est pas ce qu'elle veut.

Mark ne le croyait pas.

— Mais pourquoi ? Si elle est tellement malade ?

— À cause de ce qu'ils feraient.

— Qu'est-ce que tu veux dire ? Ils la soigneraient.

— Ils essaieraient, oui. C'est leur boulot. Mais ils n'ont qu'une manière de faire ces choses, et c'est comme de jeter une maison sur un chien pour en tuer les puces. Tu pourrais tuer les puces, mais peut-être pas… Elles sont résistantes, et elles sont petites, et elles sont difficiles à attraper… et le chien…

Il haussa les épaules.

Mark ne comprenait pas un traître mot de ce qu'il disait. Il savait juste que ça avait l'air complètement stupide. Les hôpitaux étaient des lieux où on allait quand quelque chose clochait. On était soigné. Ils étaient faits pour ça.

— Je te l'ai dit, Mark, c'est sa déci…

— Mais d'où est-ce que tu sors, de toute façon ? demanda Mark, rendu incohérent sous le coup de la frustration.

Il s'éloigna de David, de quelques dizaines de centimètres sur les galets.

— Qu'est-ce que tu fais ici ? Il y a neuf mois, c'était juste elle et moi, et ensuite tu apparais soudain de nulle part et tout change.

— Du passé, répondit David. C'est de là que je viens.

— Est-ce que c'est censé vouloir dire quelque chose ?

— Je connais ta mère depuis longtemps. Nous étions à l'université ensemble. Nous étions amis. Et puis j'ai obtenu un travail et j'ai déménagé aux États-Unis. C'était censé être un travail de courte durée. Il s'est changé en travail de longue durée. Trop longue.

— Alors pourquoi tu es revenu ?

— Je voulais revenir à la maison.

— Ce n'est *pas* ta maison. Tu ne connais même pas Brighton. Nous ne sommes pas non plus ton foyer. Nous étions une famille, moi et maman et papa.

— Je comprends.

— Tu n'en fais pas partie, et tu n'en feras jamais partie.

— Je le sais aussi.

L'homme était semblable à une plage, comprit Mark, furieux. On pouvait continuer d'y lancer les marées et il restait là, attendant patiemment que l'eau reflue.

— Mon papa l'aurait faite aller à l'hôpital ! hurla-t-il. Il aurait su ce qu'il fallait faire. Si quelque chose n'allait pas, il l'aurait forcée à y aller.

— Bien, peut-être qu'il aurait dû le faire il y a un an, murmura doucement David. Quand cela aurait pu faire…

Il s'arrêta soudain, se retourna. Laissa échapper un souffle lent et long.

— Qu'est-ce que tu as dit ?

— Rien, dit David, d'un ton de nouveau calme. Tu as raison. Ton père l'aurait sans doute convaincue d'aller à l'hôpital. Peut-être que tu devrais l'appeler.

— Peut-être bien que je vais le faire, répondit Mark en se redressant sur ses pieds. Peut-être bien que je vais le faire, et le faire maintenant.

— Super, déclara tranquillement David. Et si tu arrives à l'avoir, dis-lui de lui passer au moins un coup de fil.

— Il fera ce qu'il veut ! cria Mark en se cassant la voix. Tu essaies toujours de déterminer qui va lui parler, qui va faire quoi. Lui n'a besoin de ta permission pour rien.

— Ce n'est pas ce que je voulais dire, continua David.

— C'est ma mère. Elle est à moi, pas à toi.

— Non, elle n'est pas à toi.

— Si, elle l'est.

— Elle n'appartient à aucun d'entre nous, Mark. Oui, c'est ta mère. C'est mon épouse. C'était aussi l'épouse de ton père. Mais en vérité, elle n'appartient à aucun d'entre nous. Elle est qui elle est.

— C'est ma mère.

— C'est une fille qui s'appelle Yvonne, Mark. Avant qu'elle me rencontre, avant que tu sois né, c'était aussi ce qu'elle était. Ce qu'elle sera toujours, quand elle se réveille, quand elle va se coucher. Le reste n'est que dans nos têtes.

— Tu dis tellement de conneries, gronda Mark.

Et il partit en trombe en remontant la plage. Il avait à peine parcouru dix mètres qu'il entendit David l'appeler.

Mark fit volte-face.

— Quoi ? cria-t-il, à deux doigts de perdre tout contrôle. C'est quoi ton problème, maintenant ?

— Je ne peux pas lui rendre la santé, s'excusa David. Je suis désolé. Je fais ce que je peux.

— Ce n'est pas assez, conclut Mark.

Et il continua à marcher.

Chapitre 16

Il ne revint pas à la maison pour déjeuner. Il n'avait pas envie d'y retourner et de la voir toujours là, assise dans sa chambre, prétendant faire ce qu'elle voulait alors que David la tenait captive. En acceptant de dire ce qu'elle croyait avoir envie de dire, alors que c'était ce que lui voulait, depuis le début. C'était toujours lui qui choisissait au final. Si elle disait vouloir faire du shopping, il invoquait la météo. Si elle disait vouloir sortir pour dîner, c'était la même chose. Bien entendu, sa mère disait qu'elle se sentait fatiguée, ou plus simplement qu'elle n'en avait pas envie. Mais Mark savait que David l'en avait convaincue au préalable, en lui suggérant des choses, en lui faisant tout voir à sa manière, en faisant mine d'acquiescer… alors qu'il avait déjà pris la décision en premier lieu.

Mark marcha le long de la plage, plus loin qu'il ne l'avait jamais fait de sa vie. Il dépassa le nouvel embarcadère. Longea une bande de parking de l'autre côté, où le vieux chemin de fer courait par endroits.

Il pleuvait, bien entendu. Il pleuvait toujours, par ici.

Il fit demi-tour et traversa la route principale pour se rendre dans le quartier historique de la ville. Il déambula tout seul à travers les Passages, regardant les magasins dans lesquels il se serait rendu avec sa mère, même s'il les aurait alors trouvés ennuyeux. Tête baissée, marchant rapidement, il parcourait d'un bout à l'autre les allées étroites et torves. Il se frayait un chemin au milieu des gens, dans leurs imperméables bruissants, et jetait des regards furieux à quiconque se mettait sur sa route.

Il entra à l'intérieur de *La Boule de la Sorcière* et, son manteau dégoulinant de pluie sur le sol, y resta un moment à regarder des images datant d'il y a longtemps. Il n'avait pas l'argent pour lui en acheter une et la lui apporter. Il sortit donc et continua à marcher, de plus en plus vite, jusqu'à ce qu'il ait le sentiment d'être perdu. Les petites maisons apparaissaient distinctement devant lui, et les chemins tournaient les uns sur les autres. Les gens sortaient toujours des magasins, tellement emmitouflés dans leurs manteaux qu'on ne pouvait pas voir leur visage, seulement leurs mains. Ils obstruaient les allées, et freinaient Mark en les empruntant. Il savait qu'il y avait un tournant quelque part qui l'amènerait là où il était censé aller, mais il ne parvenait pas à le trouver.

Il commença à avoir chaud, à être essoufflé – comme si sa tête, proche de l'explosion, grossissait, et comme s'il ne pouvait plus sentir ses pieds. Il devait regarder par terre pour vérifier qu'ils le propulsaient toujours, qu'il n'était pas juste entraîné ici et là par le vent.

Il fut servi cette fois-ci, au grand hôtel. Probablement en partie parce qu'il avait menti : il avait délibérément dit quelque chose qui n'était pas vrai. Lorsque la serveuse était venue à sa rencontre, il avait tout de suite dit qu'il résidait dans la chambre 24 et que ses parents arriveraient dans une minute – mais qu'il voulait de toute façon payer lui-même, qu'il avait de l'argent que son père lui avait donné : « Regardez, il est là. » La serveuse lui avait souri avec l'air de dire qu'il lui avait donné trop d'informations.

Elle revint cinq minutes plus tard avec un plateau étincelant sur lequel étaient posés une tasse en porcelaine blanche, une petite théière en porcelaine, un petit pot blanc rempli de lait et un petit bol en porcelaine avec quatre différentes sortes de douceurs pour sucrer le thé. Mark fit infuser le sachet pendant un long, très long moment, mais le thé semblait au final toujours aussi clair.

Maintenant que sa colère initiale commençait à s'atténuer, il se sentait très fatigué. Mark savait que pendant un instant – au moment où il avait remonté en fureur le bord de mer –, s'il était revenu vers David, il lui aurait collé une beigne. Désormais, il n'était plus si sûr de ce qu'il pensait. Il savait que David se trompait sur certaines choses, aussi sûrement qu'il le faisait toujours.

Mais sur d'autres…

D'accord, sa mère buvait beaucoup d'eau. Peut-être qu'elle n'avait pas besoin d'autant de bouteilles chaque jour, mais… Mark n'avait pas non plus besoin du Coca. Il pouvait vivre sans. Alors, David n'en avait peut-être pas fait un point d'honneur.

Mark regrettait de ne pas avoir pensé à dire à David qu'il avait acheté deux fois le même livre. Voilà qui aurait été bien plus percutant. Peut-être la prochaine fois. Parce qu'il y aurait une prochaine fois, Mark le savait. Ce combat qui avait jusqu'à présent été mené dans l'ombre, dans le domaine du non-dit, était maintenant amené au grand jour. Pas devant la mère de Mark, bien sûr – David n'avait pas les couilles pour ça –, mais au moins, cela s'était amalgamé en vrais mots.

Quelques-uns… quelques-uns n'étaient pas encore très clairs.

Mark était assis, bercé par la douce musique et les murmures des conversations, il se sentait comme dans un cocon. Mais une chose le chagrinait. Une chose que David avait dite, puis qu'il avait essayé de retirer, et à propos de laquelle Mark avait eu l'impression qu'il aurait dû y penser avant.

Quelque chose à propos de ce que son père aurait pu faire.

Maintenant qu'il y pensait, sa mère avait été malade depuis bien plus longtemps qu'il pouvait s'en souvenir. L'anniversaire de Mark avait eu lieu six semaines auparavant, une quinzaine de jours avant qu'ils quittent Londres. Un mois avant, la famille était encore réunie, et son père était là. C'était à cette occasion que Mark avait reçu son skateboard. Ils étaient tous allés déjeuner ensemble dans un restaurant à côté de Picadilly Circus, dont l'intérieur ressemblait à une forêt tropicale. Mais le père de Mark avait été d'humeur bizarre et à un moment, il était sorti longtemps pour passer un coup de fil. Pendant qu'ils attendaient son retour, Mark et sa mère étaient restés assis et avaient mangé. Mark avait terminé son Perroquet-Burger, et ses rondelles d'oignons, et ses frites. Sa mère – le nom d'« Yvonne » ressurgit soudain dans son esprit mais avait une consonance exotique, étrange et sans lien tangible avec ce que le mot « mère » signifiait – n'avait pas vraiment beaucoup mangé. Quand Mark lui avait demandé si elle se sentait bien, elle avait dit que oui, bien sûr, qu'elle était juste un peu fatiguée.

Maintenant qu'il y pensait, c'était étrange. Sa mère n'avait jamais été fatiguée, pas avant ça. Elle était sans cesse active, elle faisait toujours des listes, elle pensait toujours à ce qu'elle ferait ensuite… Jamais elle n'avait été « juste un peu fatiguée ».

Mais alors, si elle avait été malade avant, si cela remontait réellement à si loin…

Alors le père de Mark était parti en sachant qu'elle était malade.

Mark repoussa vivement cette pensée. Ça ne collait pas.

Il attrapa la théière et essaya de se servir une autre tasse, la penchant jusqu'à ce que le couvercle tombe et atterrisse sur le plateau dans un grand fracas métallique. Les gens se tournèrent vers la table voisine, et Mark se sentit rougir.

— Regardez, avait dit quelqu'un très fort.

Il avait d'abord pensé qu'ils parlaient de lui, que cette personne voulait que tout le monde dans l'hôtel sache ce que Mark avait fait. « Oh, il est là ».

Mais il s'aperçut ensuite que les gens regardaient en l'air, et qu'ils désignaient quelque chose du doigt.

Alors il perçut un bruit, très faible, et pendant une terrible seconde il se demanda s'il ne commençait pas à entendre des choses. Ce qui était arrivé à sa grand-mère se transmettait peut-être dans la famille : il allait perdre l'esprit, et il commencerait à entendre des battements d'ailes où qu'il aille.

— Quelqu'un devrait faire quelque chose, dit une voix.

Quelqu'un d'autre éclata de rire.

Mark vit qu'ils regardaient tous en direction du

plafond vitré de l'atrium. Un petit oiseau était entré, peut-être qu'il essayait d'échapper à la pluie et qu'il s'était retrouvé prisonnier. Il volait et se heurtait au toit, encore et encore, il cognait sa tête contre la vitre. Il essayait de sortir.

Sentant qu'il était sur le point de vomir, Mark se leva rapidement, jeta un peu de monnaie et courut hors de l'hôtel.

Il avait cessé de pleuvoir mais le vent était vif. Mark se dépêcha de remonter la route encombrée jusqu'à la promenade, et s'arrêta pour s'appuyer contre le parapet. Il respira à pleins poumons jusqu'à ce qu'il se sente moins nauséeux.

En contrebas se trouvait l'endroit où les vieux bateaux étaient tirés à sec sur les galets – le musée de la pêche – et il descendit les marches pour s'y rendre. Il essaya d'imaginer une époque où le lieu grouillait d'hommes qui tiraient de gros paniers de poissons, mais il n'y parvint pas. Si cela s'était jamais produit, c'était maintenant enfoui sous un trop grand nombre d'années, recouvert par l'image des gens déambulant en shorts, mangeant des crèmes glacées, ou emmitouflés dans des manteaux et luttant contre le vent. Des événements entassés comme des sacs-poubelle, qui dissimulaient ce qui s'était passé auparavant.

Tout en luttant contre le vent, il s'approcha plus près des ruines inclinées de l'embarcadère Ouest, qui se dressait au-dessus de la mer opaque et agitée. Le front de mer était désert, sauf…

Il cligna tout d'abord des yeux, pensant qu'il s'agissait de quelque chose qui avait été soufflé dans son œil, comme une petite particule de cendre. Mais ce n'était pas ça. Quelqu'un, une personne de petite taille, se tenait près de l'endroit où l'embarcadère avait autrefois rencontré la terre, emmitouflée dans un épais manteau noir.

Quand il fut à quelques mètres d'elle, Mark ralentit. Mais la vieille dame ne se retourna pas. Elle avait l'air de contempler les grillages tordus autour de l'embarcadère. Il n'arrivait pas à comprendre pourquoi. Elle portait un chapeau, tiré légèrement sur ses oreilles, et la partie exposée de son visage avait l'air très vieille, comme les planches contre les intempéries, comme si elle avait elle aussi résisté, pendant un grand nombre d'années, et de longues nuits, à un vent froid et cruel.

— Bonjour, Mark, dit-elle sans se retourner.

Il fut surpris. Il ne croyait pas qu'elle ait pu avoir conscience de sa présence.

— Qu'est-ce que vous faites ?

— J'observe les étourneaux.

Mark regarda mieux, et vit que quelques étourneaux en avance sur la saison étaient effectivement en train de décrire des cercles autour de l'extrémité de l'embarcadère, comme des particules de poussière prises dans un vent puissant et tournoyant. Ils n'étaient qu'une poignée, et ils ne valaient sûrement pas la peine qu'on se tienne là, dans ce froid, pour les observer. Certainement pas.

— Pourquoi ?

— Quelqu'un doit le faire, répondit-elle. Ou ils pourraient simplement s'envoler au loin. Et ne jamais revenir.

Mark ne sut que répondre. Le pensait-elle vraiment ?

— Vous retournez à la maison ?

Elle détourna finalement son regard de l'embarcadère, et secoua la tête.

— Il y a une soirée en ville que j'attends avec impatience. Plusieurs heures de parties de cartes et de conversation raffinée avec une très vieille et très bonne amie.

— Ça a l'air d'être… marrant.

— Pas vraiment, soupira la vieille dame. Elle m'ennuie sévèrement depuis bientôt soixante ans. Et je suis certaine qu'elle ressent la même chose de son côté.

— Alors pourquoi est-ce que vous continuez à y aller ?

— Parce que quelqu'un doit le faire, dit-elle.

Elle lui fit un clin d'œil puis s'éloigna.

Le vent dans ses oreilles lui permit de ne pas penser à grand-chose pendant la majeure partie du chemin de retour vers la maison. Quand Brighton était comme ça – et elle l'était parfois, particulièrement en hiver – la route qui longeait le front de mer se transformait en un long tunnel de vent. Il commençait déjà à faire sombre. Mark retraversa la route et longea les murs des bâtiments. Le temps qu'il rejoigne la place de Brunswick, ses oreilles et ses joues étaient engourdies. Même ses cheveux donnaient l'impression de s'être congelés contre son cuir chevelu. Il chancela légèrement quand il tourna à l'angle de la place : le vent avait soudain perdu en intensité à cet endroit. La sensation étrange était la même que lorsque l'on revenait sur la promenade après avoir marché un long moment sur les galets.

C'était aussi bien plus calme : les grandes constructions créaient une poche contre le vent perpétuellement déchaîné. Et quand il fut à mi-chemin de la maison, Mark entendit quelqu'un parler.

Il se tourna de tous côtés, cherchant d'où pouvait provenir la voix. Il n'y avait personne d'autre sur cette partie du trottoir. Il se demanda si le son se répercutait en écho depuis un autre endroit, mais il ne pouvait voir personne. La voix semblait de toute façon trop calme. Il fit demi-tour, espérant vraiment obtenir sans détour une explication.

Puis il se rendit compte que la voix provenait du centre de la place, de l'autre côté de la grande haie. Alors qu'il s'approchait, plus précautionneusement à présent, Mark commença à saisir des mots de la conversation.

— Je comprends, dit patiemment une voix masculine. Tout ce que je fais, c'est respecter ses choix.

Il y eut une pause. Qui que ce fût de l'autre côté de la clôture, cette personne parlait dans un téléphone portable.

— Bien sûr que nous le ferons, affirma résolument l'homme.

Et Mark s'arrêta net. Il reconnaissait la voix, maintenant.

C'était David.

Tandis que la conversation se poursuivait, Mark repéra une portion de haie abîmée un peu plus haut, et poursuivit son chemin dans cette direction. Agissant très prudemment, il s'enfonça jusqu'à la section inégale, tournant son visage vers la voix de David.

Oui, il était là. Son beau-père était assis sur l'un des bancs à l'intérieur du parc, tout près de la haie. Il avait l'air fatigué, et son visage était figé.

— Non, je ne crois pas qu'elle veuille, expliqua David. Ça n'a rien à voir avec moi. Mais je pense à quelqu'un qui aimerait sûrement avoir de tes nouvelles. (Mark écouta attentivement.) Tu connais le numéro de téléphone de la maison. Ce serait déjà un petit quelque chose, tu ne crois pas ?

Mark fronça les sourcils. Il ne pouvait pas deviner à qui il parlait, mais c'était sur un ton qu'il n'avait jamais entendu chez David auparavant.

— D'accord, t'as qu'à faire ça ! s'écria soudain David.

Et il pressa un bouton pour interrompre la connexion.

Mark vit son beau-père fermer les yeux un instant et serrer les mâchoires. Puis il composa lentement un autre numéro.

Quand il parvint à joindre cette nouvelle personne, David parla pendant deux minutes, décrivant l'état de santé de la mère de Mark au cours de ces dernières vingt-quatre heures. Il hocha ensuite la tête en silence pendant quelques instants.

— Bien, j'appellerai, conclut-il.

Sa voix était plus calme désormais.

— Je lui parlerai, et je rappellerai après. Merci.

Il rangea le téléphone dans sa poche puis s'adossa au banc, le visage dans les mains. Quand il releva la tête, Mark vit à quel point ses yeux étaient cernés.

David donna l'impression d'hésiter un moment, puis il replongea la main dans la poche de sa veste. Mark pensait qu'il allait passer un autre appel, mais il en tira une chose complètement différente.

Il la mit dans sa bouche, sortit une boîte d'allumettes, et l'alluma.

Mark observa, bouche bée, David tirer une bouffée sur la cigarette. Lorsqu'il soufflait la fumée, c'était comme s'il expulsait doucement tout l'air de ses poumons. Il tira rapidement deux autres bouffées, jeta la cigarette par terre et l'écrasa sous son talon.

Puis il sortit le paquet de sa poche, l'écrasa, et le jeta dans la poubelle à côté du banc.

Le temps qu'il se relève, Mark était déjà de l'autre côté de la petite route et se glissait dans la maison.

Il resta dans sa chambre, silencieux et immobile, lumières éteintes, jusqu'à ce qu'il entende son beau-père entrer dans le bâtiment. Mark eut l'impression que David ralentissait légèrement en passant devant sa porte. Puis il s'éloigna ensuite en direction de l'étage. Les pas avaient été lourds dans le couloir, mais ils semblèrent se faire plus légers à chaque marche gravie. Mark entendit son beau-père appeler « Yvonne ? » d'une voix chaleureuse lorsqu'il arriva sur le palier. Puis tout fut calme de nouveau, même si Mark pouvait toujours entendre le son étouffé d'une conversation.

Mark s'assit sur le lit. Depuis que David était entré dans leur vie, Mark ne l'avait jamais vu fumer. Mais il avait dû le faire de temps à autre... même si, apparemment, il essayait d'arrêter.

Alors qu'il tournait et retournait cette information dans sa tête, Mark se dit qu'il avait finalement compris ce que la vieille dame avait voulu dire, à propos des gens qui étaient semblables à l'étage en dessous.

Il y avait une partie que tout le monde connaissait et ensuite, il y avait la porte.

Et derrière la porte ?

Troisième partie

Chapitre 17

Mark prenait sa douche lorsque le sentiment le saisit. Il se tenait là, profitant de l'eau chaude qui coulait sur lui, attendant que sa chaleur s'infiltre à l'intérieur, là où il avait encore froid. Mais il comprit petit à petit que la véritable sensation de froid était dans sa tête, et qu'il ne s'agissait en fait pas du tout de froid, mais de panique.

Il n'avait pas compris les mots que David avait employés quand il avait passé son coup de fil, mais il en avait compris le ton. Si l'on ajoutait ce qu'il avait dit sur la plage, cela mettait au jour une réalité à laquelle Mark n'avait jamais été confrontée auparavant.

Il eut soudain trop chaud, et se sentit oppressé. Comme si la vapeur de la douche menaçait de s'agréger et de le piéger pour toujours.

Il ferma le robinet et s'habilla rapidement.

Lorsqu'il se rendit à l'étage, sa mère était dans la position qu'il appelait maintenant « Position Un » : sur le canapé, appuyée sur des coussins, en train de jeter un vague coup d'œil à un magazine. Mark en arriva à la conclusion que c'était toujours mieux que la « Position Deux » : sur la chaise. Mais elle n'avait toujours pas l'air de se sentir bien.

Elle sourit toutefois quand il entra.

— Très bien, dit-il avant même qu'elle puisse poser la question. J'ai fait une longue promenade.

— Longue comment ? demanda David.

Il apparut hors de la chambre comme il aimait le faire. Il ne tenait pas de serviette mais l'une de ces petites boîtes blanches qui étaient alignées sur le rebord de la cheminée, des boîtes qui ne portaient rien d'autre que des inscriptions, dans une typographie qui ne semblait pas destinée à communiquer quelque chose de marrant. Il le regardait de haut, et Mark sentit monter en lui une violente vague de colère, amplifiée par l'étrange sentiment d'oppression qu'il ressentait encore dans sa tête et dans sa poitrine. David ne ressemblait plus à l'homme qu'il avait vu dans le parc. Plus du tout.

— Longue, longue, longue, répondit Mark. Tout le chemin jusqu'à l'autre embarcadère.

— On t'avait dit que tu n'étais pas autorisé à…

— Je sais, répliqua joyeusement Mark. Et ensuite, je suis entré dans le grand hôtel et j'ai commandé du thé.

David et sa mère échangèrent un regard. Mark savait qu'il cherchait les ennuis, mais il n'arrivait pas à s'arrêter. Il avait l'impression de commencer à trembler intérieurement. On aurait dit qu'il faisait bien trop chaud dans la chambre.

— Je peux ouvrir une fenêtre ?

David secoua fermement la tête.

— Ta mère a besoin d'être bien protégée, coupa-t-il.

D'accord, et tu es la seule personne à pouvoir le faire.

Sa mère lui sourit encore. D'habitude, Mark trouvait ça agréable, mais, l'espace d'un instant, il se demanda si elle n'avait pas oublié qu'elle l'avait déjà fait. Et il eut l'horrible intuition qu'elle allait lui demander comment s'était passée sa journée.

— Alors, qu'est-ce qu'on mange ? dit-il pour anticiper. Est-ce qu'on sort ?

Sa mère eut l'air de considérer sincèrement l'idée. David eut l'air dans l'expectative, comme s'il attendait d'entendre ce qu'elle en pensait. Mark savait que la décision avait déjà été prise.

— D'accord, enchaîna-t-il pour leur éviter d'avoir à dire « non ». Donc... ?

— Il y a à manger dans le frigo, dit David. De la viande froide et d'autres trucs. Je me disais que tu aimerais peut-être nous préparer quelque chose ?

C'était une étrange requête, mais Mark bondit hors du canapé, ravi d'avoir l'occasion de quitter la chambre.

— D'accord.

Il descendit l'escalier et se rendit dans la cuisine. Oui, il y avait de la nourriture dans le frigo. Pas de Coca Light, manifestement, mais plein de choses à manger. Il ouvrit le placard et en sortit l'une des grandes assiettes à service. Il pouvait entendre des voix ténues à travers le plafond. David faisait probablement remarquer à quel point Mark pouvait être une plaie.

Il empila trois assiettes à côté du plat principal et commença à transvaser la nourriture : du bœuf froid, du poulet et aussi un genre de tourte au porc. Il y avait du fromage, des petites tomates et des salades ; l'une avec du riz de couleur étrange, une autre avec des pommes de terre, et encore une autre avec de la betterave, ce que Mark trouvait répugnant. Il servit néanmoins de pleines louchées de chacune sur la grande assiette, en se souvenant des gestes de sa mère quand des amis venaient à la maison à Londres : elle sortait les choses des paquets ou des sacs en papier brun, et les disposaient jusqu'à ce que cela ait l'air différent et meilleur, comme un vrai repas.

Il s'agitait de plus en plus vite, absorbé par sa tâche. Des tranches de viande sur les côtés. Couper de grands cubes de fromage, les accommoder avec les tomates coupées en deux. Il comprit seulement à quel point il avait chaud lorsqu'une goutte de sueur tomba de son front sur l'assiette.

Maintenant, il était vraiment, vraiment bouillant. Il essuya son visage avec sa manche. David avait-il fait quelque chose de stupide avec le chauffage ?

Mark courut à l'étage. Ils étaient assis chacun

à un bout du canapé, et ils gardaient le silence. Comme s'ils venaient juste de cesser de parler.

— Qu'est-ce qui cloche avec le chauffage ? demanda Mark.

— Rien. Ça ne va pas ? Tu es tout rouge, on dirait.

Mark l'ignora et dévala de nouveau les escaliers. Il termina de préparer la grande assiette, puis il resta un moment devant le frigo avec la porte ouverte. Ça soulageait, un petit peu. Il avança jusqu'au radiateur contre le mur et posa sa main dessus, s'attendant à le trouver chauffé à blanc : mais il n'était même pas allumé. Il faisait pourtant un tel bruit qu'il donnait l'impression que quelque chose frappait sourdement quelque part dans le bâtiment. Peut-être qu'il y avait un problème avec le système, comme avec tout le reste.

Lorsqu'il quitta la pièce en emportant les assiettes et une poche remplie de couverts, il crut entendre un battement d'ailes. Mais c'était seulement la télévision qu'on venait d'allumer à l'étage.

Sa mère était vraiment impressionnée et n'arrêtait pas de dire qu'il avait fait du bon travail. David hocha judicieusement la tête et dit « Bon boulot » également, en prononçant les deux mots comme un seul. Il avait pris une bonne part dans son assiette. C'était le genre de nourriture qu'il appréciait, visiblement.

Mark picora dans son propre repas. Il avait l'impression d'avoir de plus en plus chaud, ce qui l'empêchait d'être vraiment en appétit. Il regarda sa mère manger deux morceaux de tomate, puis s'arrêter. La télévision diffusait les informations, et les adultes la regardaient. Mark laissa quant à lui son regard se perdre dans le vide, tout en se demandant ce qui n'allait pas chez lui. Il avait peut-être attrapé un rhume finalement, ou une grippe, pendant tout le temps qu'il avait passé dehors.

Soudain son regard se figea et, tout à coup, il n'eut plus chaud du tout. Il regardait dans une direction différente de celle de David et de sa mère, vers l'autre coin de la pièce. Quelque chose flottait dans l'air. Quelque chose de petit et de consistance très légère.

Quelque chose de sombre.

Mark ferma les paupières, et espéra qu'il s'agissait d'une poussière dans son œil, ou une ombre qui y flotterait comme c'était parfois le cas. Mais ce n'était pas une ombre.

Il regarda le grain tomber en spirale vers la moquette, lentement, lentement.

C'était un morceau de cendre noire.

Il posa sa fourchette, dans l'intention de se lever et d'aller voir. Mais il constata, avant même d'avoir eu le temps de se mettre debout, que ce morceau n'était pas le seul. Un autre bout descendait en planant dans l'angle opposé de la pièce. Il était un peu plus gros, peut-être de la taille du pouce de Mark. Le même – il s'en rendait maintenant compte – que celui qu'il avait nettoyé à la surface du meuble en bas, dans la cuisine, deux nuits auparavant.

La cendre passa en flottant devant l'écran de télévision, mais aucun des deux adultes ne sembla le remarquer.

Puis un troisième morceau apparut. Il se trouvait bien plus près de l'endroit où Mark était assis. Il le regarda tomber. Il descendait, de plus en plus bas.

Et atterrit sur le visage de sa mère.

Un son sortit de la bouche de Mark. Sa mère se tourna vers lui.

— Tu vas bien ? demanda-t-elle.

La cendre pendait sur sa joue. La plus grande partie avait l'air encore sèche – semblable à de la fumée solide – mais sur les bords, elle commençait à scintiller, comme un flocon de neige noire sur le point de fondre.

Mark essaya de dire quelque chose, mais rien ne sortit. David se tourna vers lui en mâchant toujours, et Mark vit qu'il avait aussi de la cendre sur lui : un morceau était posé juste sur l'arête de son nez.

Comment pouvaient-ils ne pas la sentir ? Comment pouvaient-ils ne pas voir ?

— Qu'est-ce qu'il y a ? demanda David.

— Je n'ai pas faim, répondit Mark.

Il embrassa sa mère sur la joue, du côté qui n'était pas encore strié de fines larmes vert sombre coulant de la cendre fondue.

— Je vais y aller et je vais lire. Bonne nuit.

Il dévala l'escalier.

Il resta assis tout droit pendant une heure en scrutant attentivement sa chambre. Il ne se passa rien pendant un long moment. Mais il vit ensuite le premier morceau tomber lentement par la fenêtre. Enfin, il remarqua aussi l'odeur, acide et âcre, très discrète au début mais forçant ensuite le passage de son nez.

Il ne pouvait pas rester simplement assis. Il devait faire quelque chose. Peut-être que ce qui se passait dans le monde d'en bas n'était pas son problème, mais...

Il coinça la chaise contre la porte comme il l'avait fait l'autre nuit. Il sortit sur le rebord de la fenêtre. Ce n'était pas aussi mouillé que la première fois, et il avait une meilleure idée de ce qui l'attendait. Il se propulsa en direction des montants en métal, bénéficiant d'une bien meilleure impulsion, les attrapa et tint bon, coinçant un pied sous lui pour freiner la glissade. Il avait assez de prise pour se hisser par-dessus. Puis il courut rapidement en bas des escaliers de pierre.

Il n'avait pas de gâteau, bien sûr. Et il était aussi 20 heures. Elle allait trouver ça bizarre. C'était bizarre. Mais… il ne pensait pas avoir le moindre choix. Il aurait simplement à lui dire ce qu'il faisait, si nécessaire.

Il dévala l'escalier en métal et se dirigea droit vers sa porte. Il frappa, doucement mais fermement. Aucune lumière n'apparut. Aucun bruit de pas.

Oh mon Dieu, évidemment! Elle était sortie pour la soirée.

Comment avait-il pu oublier? Désespéré, il saisit la poignée et la tourna. Le bouton de porte pivota.

C'était si inattendu qu'il glapit tandis que la porte s'ouvrait de quelques centimètres. Puis il l'ouvrit davantage, et passa la tête dans l'entrebâillement.

— Bonjour? tenta-t-il, s'apercevant seulement maintenant qu'il ne connaissait pas le nom de la vieille dame. Vous êtes là?

Aucun bruit. Mark entra et ferma la porte derrière lui. Il tourna la poignée de la deuxième porte, qui s'ouvrit également. Il savait qu'une de ses grands-mères avait fait la même chose: elle ne verrouillait jamais parce qu'elle affirmait que personne ne le faisait de son temps, que tout le monde connaissait tout le monde et que personne ne volerait jamais rien à qui que ce soit. Mais elle vivait dans un petit village, pas dans une ville. Et sur la fin, elle était vite devenue «fofolle» – selon ses propres termes –, et elle croyait que son fauteuil lui parlait de son plus jeune frère, qui était mort pendant la guerre.

Mark n'était donc pas certain que les gens aient jamais vraiment laissé un jour leurs portes ouvertes ou non. Mais à l'instant présent, ça n'avait pas vraiment d'importance. Il avait besoin de la clé, mais il voulait aussi vérifier que la vieille dame allait bien, qu'elle n'était pas rentrée plus tôt, qu'elle n'était pas étendue dans sa chambre, malade, et qu'elle n'avait pas besoin d'aide.

Heureusement, sa porte était ouverte aussi : la chambre était vide, et tout était proprement rangé à sa place. Aucune trace de cendre, même si l'air semblait plutôt lourd et épais.

Il prit la clé dans le tiroir.

Dès qu'il entra il sentit que le couloir était brûlant. Et cette fois-là, la lumière ne prit pas son habituelle teinte grise : elle fut tout de suite d'un jaune-orange poisseux. C'était comme si, à l'intérieur, des éclairs crachaient dangereusement des étincelles au loin.

Mark referma la grande porte derrière lui et se hâta de prendre le chemin de la cuisine, d'où il pouvait entendre des coups sourds. Le couloir était dans un sale état, mais celui de la cuisine était pire. Bien pire. Toutes les cloches sonnaient à l'unisson, si fort qu'il crut que toutes les alarmes de voiture de Brighton s'étaient mises à sonner en même temps dans sa tête.

Martha était aux fourneaux, dos à la porte. Elle coupait un gros morceau de viande, y faisant claquer le hachoir encore et encore. Ses cheveux commençaient à s'échapper du chignon et bouclaient le long de son cou.

Lorsqu'elle se retourna pour attraper quelque chose sur la table, Mark vit que son visage dégoulinait de sueur, qu'il était taché comme par de l'eczéma, et qu'elle avait des auréoles sombres sous les aisselles. Sa main chercha quelque chose sur la table, balayant les amas de cendre noire... mais cela ne ressemblait plus tellement à de la fumée solidifiée. C'était quelque chose de bien plus humide, et de très épais, comme de la graisse noire figée au fond d'une poêle à frire. Des pâtés se collèrent sur ses mains et enduisirent la viande lorsqu'elle revint pour la trancher.

La quasi-totalité du sol de la cuisine était maintenant recouverte de cette chose qui s'amassait en tas contre les murs. Elle tombait par endroits de manière tellement dense qu'il semblait qu'une tempête faisait rage dans la pièce. Mark mit quelques secondes désespérées à comprendre que le tas dans le coin, près de la laiterie, n'était pas ce qu'il semblait être.

La femme de plonge en robe grise était étendue en dessous, appuyée contre le mur, près des éviers, sur lesquels culminaient maintenant des empilements de casseroles immondes, d'assiettes et de couverts, d'un bon mètre de haut. La majorité du corps de la plongeuse, ainsi qu'une partie de son visage, étaient recouvertes de cendre. Elle avait les yeux ouverts, et eux seuls remuaient.

Il se dirigeait prudemment dans cette direction lorsqu'une forme ovale et pâle surgit soudain du vide, devant lui. Mark bondit en arrière.

— Vous devez partir, dit une voix de femme. C'est dangereux.

Chapitre 18

Emily attrapa sa main et essaya de le tirer dans le couloir principal. Mais Mark resta cloué sur place.

— Je ne peux pas partir, dit-il. Je dois aider.

— Vous ne pouvez rien faire.

La femme de chambre le tira encore, mais sembla vite abandonner. Ses cheveux étaient couverts de cendre noire, ses lèvres aussi, et quand elle ouvrit la bouche pour parler encore, Mark vit qu'il y en avait aussi à l'intérieur.

Il y eut soudain une déflagration très puissante, comme si toutes les portes du monde avaient été claquées en même temps.

La femme de chambre sembla tourner sa langue dans sa bouche, et tira Mark dans la cuisine en direction de la réserve de viande. Il la suivit cette fois-ci, effrayé par le bruit, et s'accroupit comme elle, se cachant d'il ne savait trop quoi. Il faisait même plus chaud ici, et il vit que des morceaux… d'animaux ou d'autre chose, étaient pendus à des crochets en métal. La viande était violette, verte, dégoulinante. L'odeur était atroce.

Lorsque Mme Wallis arriva dans la cuisine, elle était déjà en train de hurler. Mark vit les épaules de Martha tressaillir, et elle cessa immédiatement d'abattre le hachoir pour se mettre à faire autre chose.

— Oui, madame Wallis, marmonna-t-elle. Bien sûr.

La nourriture s'empilait maintenant sur la table derrière la cuisinière. Le tout était noirci par la cendre.

La gouvernante regarda fixement la nourriture, en saisit une poignée et la jeta sur le sol.

— Faites plus vite, hurla-t-elle. Faites plus vite, vous m'entendez ?

— Mais on m'a dit de…

— Je me fiche de ce qu'il vous a dit. Vous faites ce que je dis, vous comprenez ? Ceci est ma maison.

Mark pouvait sentir que la femme de chambre tremblait à côté de lui.

— Qu'est-ce qui se passe ? murmura-t-il, supposant que l'épouvantable fracas des cloches sur le mur couvrirait sa voix.

Mais Mme Wallis fit immédiatement volte-face.

— Qui est là ? C'est vous, monsieur Maynard ? Souhaitez-vous vous entretenir avec moi ?

Son regard passa sur la grille de la porte du cellier, et Mark y entrevit quelque chose de terrible. Puis elle se dirigea furieusement vers l'angle opposé de la cuisine et disparut. Mark put entendre ses pieds faire un bruit de tonnerre tandis qu'elle gravissait des escaliers invisibles.

— Vite, s'exclama la fille aux cheveux roux.

Elle tira Mark hors de la réserve.

— Vous voyez ? Rien ne va plus. Vous devez partir. Il n'y a rien que vous puissiez faire.

— Mais qu'est-ce qui se passe ? demanda Mark tandis qu'ils couraient dans le passage.

La femme de chambre se figea brusquement. Mark vit ce qu'elle regardait. La porte menant à l'office du majordome était ouverte.

— Oh non, dit-elle en commençant à revenir sur ses pas.

Mark la laissa partir. Il continua en se frayant un chemin à travers les amas de cendre pourrie au sol, qui arrivaient maintenant presque à hauteur de genou. Ils produisaient un son mouillé, collant. Les murs aussi étaient presque noirs maintenant.

Il s'approcha prudemment de manière à ne pas se trouver trop près de la porte, et regarda à l'intérieur.

D'abord, il crut que l'office était seulement plein de cendre. Puis il vit qu'une partie était en train de bouger, et qu'elle marmonnait quelque chose.

— Échec, dit plaintivement la voix. Nettoyer les systèmes, besoin d'être suivi. L'ordre doit être maintenu.

Mark reconnut la voix.

— Monsieur Maynard ?

Il y eut un brusque mouvement, et une tête aux cheveux gris-blanc émergea des cendres. La chemise et la cravate du majordome semblaient toujours propres, même avec les souillures qui coulaient sur son visage. Mark vit qu'il tenait une bouteille de vin dans une main, et que la bouteille était débouchée.

— Inventorier, poursuivit impérieusement l'homme. Compter. Systèmes.

— Qu'est-ce qui ne va pas ? Que s'est-il passé en bas ?

— Ce qui s'est passé ? répéta le majordome en se levant.

Ses yeux étaient ombrageux et son haleine sentait fort.

— Ce qui s'est passé ? Ne voyez-vous donc pas ? N'est-ce pas clair comme de l'eau de roche ?

Mark entendit des pas pesants à l'autre bout du couloir. Quelqu'un descendait lourdement les escaliers de service.

L'expression de M. Maynard changea. Il eut un léger sourire sinistre.

— Je ne peux pas continuer ainsi, dit-il. L'un de nous… doit partir.

Il jeta la bouteille d'un côté et prit le chemin de la cuisine.

Les amas de cendre ne semblaient pas autant entraver sa progression que celle de Mark, et le temps que le garçon atteigne la cuisine, le majordome et la gouvernante se tenaient déjà face à face.

Ils avaient tous les deux les mains sur les hanches. Ils criaient tous les deux, si vite et si fort qu'on ne pouvait pas discerner un seul mot de ce qui se disait. Il faisait désormais si chaud que l'air donnait l'impression de brûler la peau, et les fourneaux grondaient et toussaient sans discontinuer. Le sol entier vibrait. Comme si les murs eux-mêmes éprouvaient de la douleur.

Emily était prisonnière dans le coin. Elle essayait de s'enfuir. Elle était à genoux et utilisait ses mains pour se frayer un passage dans la cendre et atteindre la réserve de légumes.

Martha abattait toujours le hachoir sur une pièce de viande, désormais massacrée et sanguinolente, réduite en bouillie. De l'autre main, elle sortait des choses du four et en mettait d'autres. Elle se brûlait, et l'odeur de sa chair marquée au fer montait en flèche à travers la pièce, s'ajoutant aux effluves sous-jacentes de fiente de pigeon et d'autre chose qui empestait le vomi réchauffé. Les cloches sonnaient de plus en plus fort, et de plus en plus vite. Dans l'autre coin, la fille en robe grise était presque complètement recouverte. Seuls une unique main pâle, son nez et sa bouche émergeaient des cendres. Sa poitrine oscillait de haut en bas, et sa respiration sifflait.

Et M. Maynard et Mme Wallis qui continuaient à crier, à se hurler dessus, leur voix s'unissant en une bourrasque déchaînée. La neige noire et cendreuse qui tombait du vide commençait à se caler sur le rythme tourbillonnant des récriminations et des accusations. Elle les enveloppait petit à petit dans une tornade, comme les prémices d'un ouragan : l'un de ceux qui ne peuvent que grandir et grandir jusqu'à tout dévaster autour d'eux.

Mark les appela d'abord en hurlant – Martha, Emily – mais aucune d'entre elles ne semblait être en mesure de l'entendre. Ou, si elles pouvaient, elles ne l'écoutaient pas. Ils étaient prisonniers du chaos bruyant de la tempête naissante, séparés les uns des autres par le cyclone de cendre, de noirceur et de peur.

Mark courut vers M. Maynard et le poussa dans le dos. Mais le corps du majordome s'était complètement rigidifié, comme de la pierre, et le doigt que Mme Wallis pointait encore et encore sur la poitrine de l'homme produisait à l'impact un son lent et creux, comme celui d'une poutre en fer rouillée s'écrasant contre un mur. Leurs voix approchaient une sorte d'effroyable harmonie, comme deux personnes qui hurlaient leurs dernières paroles en même temps.

— Nom de Dieu ! hurla Mark.

Brusquement, les deux têtes se tournèrent simultanément pour le regarder.

— Vous, grondèrent-ils en chœur. Encore.

— Écoutez…

— Votre œuvre, je suppose, dit sèchement Mme Wallis.

Mais elle ne s'adressait plus à Mark désormais.

— Avez-vous décidé que les amis de la famille pouvaient courir dans toute la maison à présent, et même dans ces quartiers ? Ne renoncerez-vous donc à rien pour vous faire bien voir là-haut ?

— Sa présence n'a rien à voir avec moi, hurla M. Maynard. L'ordre en bas est de votre ressort, crois-je savoir, gouvernante… ou peut-être l'avez-vous oublié ?

— Si je n'étais pas obligée de repasser derrière le travail mal fait en haut, peut-être serais-je capable de garder un œil sur ce qui se passe ici… majordome.

Mark avait espéré qu'en détournant leur attention, il serait capable d'arrêter ce qu'ils avaient commencé. Mais ça ne marchait pas, même pas un petit peu. Le bruit se faisait de plus en plus fort, et le tourbillon de fumée et de cendre commençait à tourner plus rapidement. Il pouvait à peine voir Emily maintenant. Et elle n'était pourtant qu'à quelques mètres de lui.

— Ce qui se passe là-haut est de mon ressort, tempêta le majordome. Et ce qui se passe là-haut est le cœur de la maison. Ma maison. Mon royaume.

Mme Wallis tira quelque chose du désordre sur la grande table de cuisine.

— Non, c'est ma maison, affirma la gouvernante avec une soudaine et inquiétante maîtrise dans la voix. Et son cœur, et son bien-être, sont ancrés ici-bas. Et je ferai en sorte que vous le compreniez.

Elle tenait un couteau.

Ils se mirent à tourner l'un autour de l'autre, et une fois de plus leurs voix perdirent rapidement de leur cohérence tandis qu'elles s'intégraient au vent. Le tintement des cloches s'était maintenant fondu dans un mur de son perpétuel, tellement puissant que l'on avait l'impression d'être frappé avec quelque chose. L'air était si chaud que la cendre fondait dans sa chute, et l'atmosphère était tellement saturée de cette pluie de suie que c'était comme de voir une image en négatif.

L'espace d'une seconde Mark aperçut le visage de Martha. La cuisinière était toujours courbée sur le fourneau et essayait toujours de terminer ce qu'on lui avait dit de faire.

Son visage était désormais un paysage lunaire et livide de peau craquelée et de brûlures. Ses yeux avaient presque disparu derrière ses paupières gonflées. Mark entrevit néanmoins son regard misérable et il comprit que la seule personne dans la pièce qui essayait de faire quelque chose était sur le point d'abandonner.

Il marcha droit vers le majordome et la gouvernante et se mit entre eux. L'air brûlait sa gorge mais il inspira profondément jusqu'à emplir ses poumons. Puis il expulsa le tout dans un seul et puissant hurlement.

— Maintenant vous allez la fermer tous les deux !

Silence. Silence complet.

La cendre et la suie continuaient à tourner et à tomber. Les cloches continuaient à tambouriner. L'air battait toujours. Mais ces sons et ces bruits s'écrasaient les uns contre les autres, s'annulant mutuellement l'espace d'un instant. La pièce était silencieuse, comme si tout était suspendu : la cacophonie attendait pour exploser de nouveau, et plus fort.

— La maison n'appartient à aucun d'entre vous ! hurla Mark. Vous ne comprenez pas ?

Ils le regardèrent.

— Vous travaillez ici. Pour la maison. Elle a besoin de vous deux.

M. Maynard commença à dire quelque chose, mais Mark l'interrompit.

— La vieille dame m'a tout dit à ce sujet, comment ça fonctionnait. Vous accueillez les gens. Vous surveillez le vin. Vous faites régner l'ordre au-dessus. (Il se tourna vers la gouvernante.) Vous commandez la nourriture. Vous gérez l'heure des repas et les menus. Vous négociez avec les gens à la porte d'en bas. (De retour vers le majordome.) Vous traitez avec le maître de maison. (Puis de retour vers Mme Wallis.) Vous parlez à la maîtresse.

Il regarda autour de lui, d'abord Emily, puis Martha, puis la main pâle dans l'angle, c'était maintenant tout ce que l'on pouvait voir de la femme de plonge ; puis il se retourna pour s'adresser en même temps au majordome et à la gouvernante.

— Et ensuite, vous vous parlez, parce que sinon rien de tout ça n'a de sens, et rien n'est fait et personne d'autre ne comprend ce qu'il est censé faire ! Et voilà comment ça se passe.

Personne ne dit rien, et Mark ne voyait pas ce qu'il pouvait ajouter.

— Ce n'est pas votre maison, répéta-t-il. C'est seulement la maison.

Il sortit ensuite de la cuisine, en s'aidant des deux mains pour progresser à travers la cendre en suspension. Ses yeux étaient brûlants et secs.

Il s'éloigna dans le couloir et ouvrit la porte sans se préoccuper de qui pouvait se trouver de l'autre côté. La chambre de la vieille dame était sombre, et vide. Elle n'était toujours pas revenue de sa partie de cartes. Il déposa la clé dans le tiroir et partit.

Il monta péniblement l'escalier et réussit à passer de la clôture jusqu'au rebord de la fenêtre. Il se laissa glisser à l'intérieur. Il sauta dans son pyjama.

Il se mit au lit.

Il pleura.

Et il ne s'endormit que bien plus tard.

Chapitre 19

La première chose que Mark entendit le lendemain matin fut le bruit d'une sirène. Il l'entendit d'abord au loin, vers le front de mer, comme la sirène de police qu'il avait entendue la première nuit où il s'était rendu seul au sous-sol.

Il savait pourtant qu'il n'était pas en train d'entendre une voiture de police.

Il bondit hors du lit et enfila quelques vêtements. Le temps que l'ambulance se gare dehors, il était habillé. Mais il entendit ensuite David dévaler l'escalier d'un pas pressé, et resta où il était. Il écouta le début d'une conversation dans le hall, une conversation qui se fit plus distante tandis qu'ils ressortaient.

Mark courut à la fenêtre et regarda dehors.

David se tenait entre deux ambulanciers, un homme et une femme. Ils regardaient en direction de la fenêtre de sa mère, pendant que David continuait à leur parler d'une manière impérieuse. Mark ne parvint à discerner ce qu'il disait qu'à la toute fin, au moment où il entendit une simple phrase.

— Encore un jour, avait dit David.

Les ambulanciers remontèrent dans le véhicule et s'en allèrent, sans sirène cette fois. En partant l'ambulance révéla la présence de quelqu'un qui se tenait sur le trottoir opposé. Un homme.

Le père de Mark.

Il se tenait à côté de sa grosse voiture rouge dont la portière était ouverte. Depuis son point d'observation à la fenêtre, Mark pouvait se souvenir de l'odeur de l'habitacle du véhicule aussi clairement que s'il s'était réellement trouvé à l'intérieur, derrière le siège du chauffeur, là où il s'asseyait toujours. Son siège. L'un de ses endroits préférés au monde.

— Ne fais plus jamais une chose pareille.

C'était David, planté au milieu de la route, qui regardait fixement le père de Mark.

Celui-ci le regarda à son tour.

— Quelqu'un doit faire quelque...

— Pas toi, et pas ça.

Le père de Mark fit un pas en direction de David, qui ne bougea pas. Le père de Mark était bien plus imposant que lui, mais David ne semblait pas s'en inquiéter.

— Je suis sérieux, ajouta David. Et elle veut que tu partes, maintenant. Et j'aimerais aussi.

Mark voulut appeler, courir dehors, dans la rue. L'homme à l'extérieur ressemblait toujours à son père, il portait même un tee-shirt que Mark reconnaissait.

Chaque cellule du corps de Mark semblait attirée dans sa direction.

Mais la fenêtre était entre eux : la fenêtre, ou quelque chose d'autre. Mark vivait maintenant dans une maison différente de celle de son père, et des murs différents les entouraient. Il resta silencieux, immobile.

Son père parla encore.

— Je suis son…

— Non, tu ne l'es pas. Tu n'es plus rien pour elle, maintenant. Il n'y a qu'une seule chose qui vous relie tous les deux. Tu devrais peut-être te concentrer là-dessus.

Il désigna la maison d'un signe de tête.

Mark s'écarta de la fenêtre. Il ne voulait pas que l'un ou l'autre des hommes le voie en train de regarder. Son père hésita mais, finalement, il ne regarda même pas.

— Nous ne pouvons pas tous rester assis toute la journée, ironisa-t-il. Je dois retourner à Londres. Retourner travailler.

Il entra dans sa voiture et partit.

David resta encore quelques instants dehors, et observa la mer. Puis il tourna les talons et rentra.

Le cœur de Mark battait la chamade tandis qu'il gravissait les dernières marches qui menaient à l'étage de sa mère. Il pouvait entendre David parler.

— Oui, dit-il. Je l'ai appelé hier. J'ai pensé que je devais le faire. Il doit savoir ce qui se passe.

— Je ne veux *pas* qu'il sache.

Mark reconnaissait à peine la voix de sa mère. Elle avait l'air tellement faible.

— Je comprends. Mais il est impliqué. Il doit savoir ce qui se passe.

— Et regarde ce qu'il…

— Je ne savais pas qu'il allait les appeler, chérie. Ou venir ici. Je ne savais même pas qu'on pouvait mobiliser une ambulance de cette manière.

— Il sait être convaincant. Il m'a longtemps convaincue.

— Écoute, je suis désolé.

— Ils sont partis maintenant ?

David hésita, juste le temps d'un battement de cœur.

— Oui. Ils sont partis.

— Et il… ?

Mark entra à ce moment. Sa mère se tenait dans la « Position Un », sur le canapé, mais cette posture ne lui avait jamais fait cette impression auparavant. La « Position Un », dans la nuit, était devenue bien plus sinistre que la « Position Deux ».

Elle s'était rehaussée, mais elle avait l'air affectée. Ses cheveux étaient plats, et son visage était pire que gris. En s'approchant, il remarqua que les contours de ses paupières inférieures étaient roses, et gonflés.

Une étrange odeur émanait d'elle également. Mark se rendit compte, consterné, qu'il s'agissait de l'odeur qu'il avait sentie ces derniers jours, l'effluve qui avait plané tout ce temps sur la maison. Ça semblait impossible, elle ne pouvait pas avoir parcouru tout ce chemin du sous-sol jusqu'ici, mais il s'agissait pourtant d'un état de fait.

Les adultes laissèrent leur conversation tomber comme une pierre. Ils avaient l'air d'avoir été pris sur le fait, et un peu coupables.

— Tu vas bien ? demanda Mark à sa mère.

— Je suis… (Elle s'interrompit un instant.) En fait, je ne me sens pas très bien, Mark.

— De quelle manière ?

— De beaucoup de manières. Je dois me reposer un peu ce matin, d'accord ?

— Pourquoi tu n'es pas au lit ?

— Je n'arrivais pas à m'y sentir à l'aise.

Mark ne la crut pas. Il savait qu'il y avait une autre raison, quelque chose qu'elle ne lui disait pas. Il se tourna vers David, mais son beau-père regardait par la fenêtre au bout de la chambre avec une expression neutre.

— Je continue à me lever la nuit, souffla délicatement sa mère. Alors c'était plus facile pour moi de rester ici. C'est tout.

Mark hocha la tête, par à-coups.

— Sois prudent ce matin, dit-elle. D'accord ? Fais attention à ne pas tomber trop… durement.

À cet instant, il ne fut pas certain de saisir sa phrase. Puis il comprit.

— Ne t'inquiète pas, la rassura-t-il.

Il jeta un regard à David en quittant la chambre, mais son beau-père regardait toujours par la fenêtre, comme s'il pensait à quelque chose, et qu'il y pensait intensément.

Mark ramassa son skateboard et se rendit sur le terrain en bord de mer. Les dieux du vent de Brighton avaient encore joué à pile ou face cette nuit-là, et le ciel était clair, froid et bleu.

Il dévala un moment en roue libre. Il s'assit et regarda les autres enfants. Puis il vit les groupes se séparer, et les enfants s'éloigner progressivement. Alors il dévala un peu plus, faisant de grands virages autour de l'aire vide. Il vit les rayons du soleil étinceler sur les fenêtres des maisons, de l'autre côté de la route. Il entendit le « ting-ting-ting » des gréements sur les petits bateaux et sur les bidules de planche à voile rassemblés sur les galets : ce n'étaient pas des pièces exposées, comme les bateaux du côté du musée de la pêche, mais des choses que les gens utilisaient vraiment quelquefois. Il vit les lignes grises, bleues et vertes de l'eau froide dans la mer, les crêtes blanches et silencieuses sur le faîte des vagues. Il entendit le bruyant craquement de ses roues, alors qu'il allait d'un côté, puis de l'autre, et encore.

Toutes ces visions, tous ces sons : ils passaient en lui d'un côté et ressortaient de l'autre, comme des galets qui roulent à l'intérieur d'un tuyau.

Sa tête était plus vide qu'elle ne l'avait jamais été. Il supposa qu'il avait dû dormir cette nuit – parce qu'il ne pouvait pas se souvenir d'être resté éveillé – mais il avait davantage l'impression d'avoir été placé dans une boîte, ressorti au matin puis jeté dans la lumière.

Il ne savait pas vraiment quoi penser de ce qui s'était passé plus tôt. Il n'avait pas encore trouvé de moyen de l'intégrer. Le pire dans tout ça, c'était qu'il se sentait coupable de ne pas avoir couru dehors pour saluer son père. Il ne savait pas dans quelle mesure c'était lié à ce dont il avait pris conscience en allant boire du thé tout seul à l'hôtel, l'après-midi précédent. Mais si son père ne savait pas ce qu'il y avait dans sa tête, alors pourquoi s'était-il contenté de partir ?

Est-ce que tout était brisé, maintenant ?

L'un des enfants avait laissé derrière lui une rampe faite d'une simple planche. Mark lança son skateboard dans sa direction. Il heurta la rampe bien plus lentement que de coutume, espérant simplement pouvoir atterrir de l'autre côté et repartir.

Au même moment il fit pivoter ses pieds, donnant un petit coup vers le bas avec l'un, et incurvant le second vers l'intérieur. La planche tourna sous ses pieds comme si elle y avait été collée : comme si les lois de la physique avaient été faites pour les maintenir, elle et Mark, à une distance très faible.

Mark atterrit, la planche sous ses pieds. Les roues arrière heurtèrent la chaussée un peu plus loin, puis il roula comme si rien ne s'était passé. Il laissa l'élan le porter aussi loin que possible, puis il s'arrêta.

Il savait qu'il aurait dû ressentir quelque chose.

Mais il n'éprouvait rien.

Il voulait revenir à la maison, mais il ne voulait pas revenir à la maison.

Il voulait voir sa mère, mais il ne voulait pas non plus.

Il était effrayé par la maison. Et par elle. Il savait qu'il avait pendant très longtemps considéré trop de choses comme acquises. Comme cette idée que chaque fois que vous feriez une même chose, le résultat serait à peu de chose près identique.

Il savait maintenant que ce n'était pas le cas.

Quand il reviendrait à la maison, il n'éprouverait pas la même sensation que la fois précédente. Et la fois d'après, ce serait également différent. Les choses changeaient, elles ne restaient pas les mêmes. La vraie vie ne continuait pas éternellement, comme à Londres. La réalité ressemblait bien plus à Brighton.

Les choses changeaient. Les choses s'arrêtaient. Les choses tombaient dans la mer.

Il se rendit au *Point de Rencontre* et commanda une tasse de thé : il était moitié moins cher qu'au grand hôtel, et ils le faisaient plus fort, aussi. Il s'assit à l'abri de l'un des grands coupe-vent jaunes, puis il le but aussi lentement que possible. Il posa son skateboard sur la chaise à côté de lui, mais il avait l'air d'avoir été emprunté à un autre enfant.

Il savait qu'il ne pouvait pas la laisser plus longtemps. Il devait y retourner.

C'était l'heure du déjeuner – et il se tint dans la cuisine pendant quelques minutes – mais il n'avait pas spécialement envie de manger. Finalement il abandonna et gravit lentement l'escalier. Il s'attendait à la « Position Deux », et ce fut ainsi qu'il la trouva.

Mais finalement il y avait pire que la « Position Deux ». La position avait soudain l'air d'être montée d'un cran par rapport à la manière dont il l'avait vue se tenir ce matin : il supposa donc que ce devait être la « Position Trois ». Est-ce qu'il y aurait bientôt une Quatre, et puis une Cinq ?

Six ? Neuf ? Combien de positions est-ce qu'il y avait ? Est-ce qu'elles continuaient pour toujours ? Ou bien est-ce que ça prenait fin pour aboutir à une position au-delà de laquelle il n'y avait plus nulle part où aller ? Il y aurait un nom pour celle-là, et il le connaissait déjà : elle n'aurait pas de numéro.

De toute façon, sa mère dormait. Elle avait été chaudement recouverte d'une couverture, et sa tête était penchée sur le côté. Cela rappela désagréablement à Mark ce à quoi la vieille dame en bas avait ressemblé, juste avant qu'il entre tout seul dans les quartiers pour la deuxième fois. Comme si les ficelles qui l'actionnaient s'étaient relâchées.

Il s'assit sur le canapé et regarda sa mère un petit moment. Puis il se leva et se dirigea vers la grande fenêtre au fond de la pièce. Il regardait depuis déjà un moment lorsqu'il remarqua que quelqu'un se trouvait dans le parc. Et c'était David.

Son beau-père faisait les cent pas, et parlait dans son téléphone portable. Là-bas, vu de l'intérieur de la maison, David donnait encore plus l'impression d'être un étranger. Il avait aussi l'air plus jeune, et plus distant.

Mark recula de la fenêtre et revint sur le canapé.

Quelques minutes plus tard, il entendit la porte d'en bas s'ouvrir, et les pas de David. Il passa la tête par la porte, vit que Mark était assis là, et lui fit signe du doigt.

Mark songea à résister, ou à feindre l'incompréhension, puis il se leva. Lorsqu'il sortit sur le palier, David recula de quelques pas, incitant Mark à le suivre.

Lorsqu'ils furent proches de l'endroit où l'escalier de service avait dû autrefois se trouver, David s'arrêta.

— J'aimerais que tu fasses quelque chose pour moi, dit-il.

Mark ouvrit la bouche pour dire à l'homme tout ce qu'il avait toujours pensé de lui, mais il n'en fit rien.

À la place, il répondit :

— Comme quoi ?

Chapitre 20

Il avait près de deux heures à tuer, alors il marcha. Il ne prit pas la direction du grand hôtel cette fois-ci, mais l'autre chemin. Il n'y avait pas grand-chose de plus à voir de ce côté, mais ce n'était pas grave.

Au petit café au bout, il acheta ce qu'on lui avait demandé d'acheter, puis il reprit lentement le chemin du retour. Il n'avait aucune idée de ce qu'il faisait – ou de la raison pour laquelle il le faisait – mais pour une fois, il était heureux de ne pas avoir à prendre de décision seul. Il longea le front de mer. Il faisait froid, et bien que le ciel soit dégagé, il y avait peu de monde sur la promenade.

Lorsqu'il arriva au niveau du banc couvert, il avança jusqu'au parapet et descendit l'escalier jusqu'aux galets, comme on le lui avait dit. Il marcha en ligne droite depuis ce point jusqu'à la mer. Les galets étaient nivelés au début, puis commençaient à descendre vers le rivage, dix mètres plus loin.

Tandis que Mark franchissait la crête de l'amas de pierres, il vit quelque chose à mi-chemin entre là et la mer.

Il s'approcha péniblement, plus lentement, et essaya de deviner ce que c'était. Cette chose avait l'air tellement incongrue sur la plage qu'il l'atteignit avant de comprendre de quoi il s'agissait. C'était une couverture : l'une de celles – rouge, noire et verte – qu'on mettait à l'arrière des voitures.

Elle était étendue à plat, lestée d'une pierre à chaque coin. Il y avait un panier sur l'un des bords, avec un couvercle. Une assiette avait été placée au milieu de chacun des trois autres bords. Au centre de la couverture, il y avait un pot en verre, contenant une bougie. Elle était allumée, et une flamme clignotait chaleureusement à son extrémité.

Mark se retourna et remonta la plage avec empressement. Il était presque parvenu à l'escalier lorsqu'il vit quelqu'un sur la place. Il ne pouvait pas dire de qui il s'agissait au début, aussi se contenta-t-il de s'arrêter et de regarder la personne descendre très lentement le trottoir.

C'était David, et il tenait dans ses bras la mère de Mark.

Elle portait des vêtements de jour, et elle avait une couverture drapée autour d'elle. David avait passé un bras sous ses jambes et un autre autour de son dos. Elle se tenait à son cou.

Ils attendirent à un passage piéton que le feu passe au rouge, puis David lui fit traverser la route. Un couple qui allait dans la direction opposée les observa, mais ni David ni la mère de Mark n'y prêtèrent attention.

Quand il arriva à la promenade, David se dirigea droit vers l'escalier en pierre, se déplaçant sans faire de pause. Il portait la femme dans ses bras avec l'air d'un homme qui pouvait agir ainsi pendant un long moment, et qui le ferait pour toujours si c'était nécessaire.

Mark les regarda approcher, puis il se recula pour faire de la place à David qui négociait la descente des marches.

La mère de Mark lui sourit.

— Comment s'est passée ta journée ?

— Bien, répondit-il.

Puis il marcha avec eux jusqu'à l'endroit où la couverture était étendue.

David posa doucement la mère de Mark. Elle toussa pendant un petit instant, mais elle se sentit mieux ensuite.

— Quel bel après-midi ! s'exclama-t-elle.

Effectivement. Il était un peu plus de 15 heures, et l'horizon commençait déjà à changer, à s'obscurcir, tandis que le soleil se préparait déjà à se coucher. Il était encore bien au-dessus de l'horizon, mais il s'en rapprochait. L'air était frais mais doux, et sa mère n'avait pas l'air d'avoir froid.

David ouvrit le panier. Il y avait des couverts à l'intérieur, et trois serviettes de table.

— Tu les as apportées ? demanda-t-il.

Mark tira ce qu'il avait acheté des poches de sa veste. Deux canettes de Coca Light. Il les déposa à côté de l'une des assiettes.

— Bien, dit David.

Il sortit une bouteille de vin du panier, ainsi qu'un tire-bouchon, et il l'ouvrit. Deux verres suivirent – en vrai verre, pas en plastique – et il versa un peu de vin à l'intérieur de chacun d'eux.

— C'est adorable, dit la mère de Mark. Santé !

Ils firent ensemble tinter leurs verres, puis elle se tourna vers Mark, tenant toujours le sien en l'air. Il y tapa le bord de sa canette de Coca, ne se sentant pas d'attaque pour parler.

Tous les trois restèrent assis un moment, à regarder les vagues, à écouter les cris des mouettes qui tournaient en rond au-dessus de leurs têtes. La silhouette d'un gros bateau se découpait à l'horizon, en route pour on ne savait où, mais tellement éloigné qu'il semblait immobile.

Ils devaient se tenir là depuis quinze ou vingt minutes lorsque Mark entendit quelque chose derrière lui. Il se retourna pour voir une silhouette à bonne distance progresser sur les galets dans leur direction.

À mesure que la silhouette se rapprochait, il devint d'abord possible de voir que l'homme était habillé tout en noir, puis qu'il transportait quelque chose dans chaque main. Et enfin – le temps qu'il ne soit plus qu'à quinze mètres d'eux et de voir qu'il avançait d'un air déterminé dans leur direction – qu'il était chinois.

Il atteignit finalement leur couverture.

— Votre commande, annonça-t-il. Trente-deux livres cinquante, s'il vous plaît.

La mère de Mark était assise. Elle continuait à regarder la mer pendant que David et Mark déballaient les sacs que le serveur avait apportés.

— Je ne savais même pas qu'ils ouvraient si tôt, dit Mark.

— Ils ne sont pas ouverts.

Ce fut tout ce que David répondit.

Il leur fallut un peu de temps pour tout disposer et pour choisir quoi mettre dans leurs assiettes, puis ils commencèrent à discuter.

La mère de Mark décrivit à quoi ressemblait l'embarcadère Ouest lorsqu'elle l'avait visité. Elle avait alors longé des allées piétonnes inclinées, et elle s'était rendue dans la première section, là où les belles dames et les gentilshommes avaient coutume de déambuler autrefois, pour prendre l'air. Les femmes portaient alors des ombrelles et les hommes étaient coiffés de chapeaux. Puis elle avait longé une aire de promenade et s'était rendue dans la salle de bal au bout, où avaient autrefois eu lieu des concerts avec des orchestres complets : tout le gratin de la ville s'y rendait alors pour écouter, pour voir et pour être vu. Lorsqu'elle était venue, tout était vide. Rien d'autre à l'intérieur que des empilements de meubles pourris, et les cris des étourneaux qui nichaient dans les chevrons, par centaines, peut-être par milliers. Ces oiseaux que l'on pouvait voir au coucher du soleil tournoyer dans les airs comme en souvenir du temps passé, alors même que l'embarcadère était maintenant réduit au néant et n'offrait aucun abri.

Mark parla de sa pratique du skateboard, et annonça qu'il avait aujourd'hui réussi à la faire tourner sous ses pieds sans que son exploit ressemble à une scène coupée de *Jackass*. Il éprouva soudain une fierté extrême, et fut ravi de tout le temps qu'il y avait consacré. Et même David parla un peu, racontant la fois où il était venu là lorsqu'il était enfant, avec sa famille. Ce dont il se souvenait le mieux, c'étaient les Passages torves et les allées encore plus étroites qui les reliaient, celles qui étaient appelées « coupe-gorge ». Il fallait presque y être né pour comprendre où elles menaient.

Mark mangea et il se rendit compte, pour la première fois depuis plusieurs jours, qu'il pouvait même dévorer. Il avala des rouleaux de printemps, des toasts au sésame, et beaucoup de riz sauté et de porc à la sauce aigre-douce. David mangea aussi, plus que Mark l'avait jamais vu faire. La mère de

Mark en mit beaucoup dans sa propre assiette, et picorait dedans lorsqu'elle ne se tournait pas, encore et encore, pour regarder la mer.

À deux reprises lorsqu'elle le faisait – et quand il pensait que Mark ne regardait pas –, David avait glissé sa fourchette dans son assiette et transféré un peu de sa nourriture dans la sienne.

Mais Mark le vit, et il comprit pourquoi David l'avait fait. Et la fois suivante, il prit soin de regarder ailleurs.

Quand ils cessèrent finalement de se restaurer, toutes les assiettes étaient vides.

Tout le monde avait mangé son repas.

Le ciel s'obscurcit lentement, et une lueur dorée commençait à s'étendre le long de l'horizon, tandis que le soleil sombrait dans la couverture de nuages.

Mark s'assit, les bras passés autour de ses genoux. Ses fesses lui faisaient mal malgré le plaid, mais il s'en fichait. Sa mère s'appuyait contre David, son verre de vin à la main.

Quand le soleil fut près de disparaître sous l'horizon, elle se tourna pour lui faire face.

—J'aimerais aller en bas, dit-elle.

David l'aida à se lever. Elle demeura un moment instable sur ses pieds, puis sembla ensuite plus à l'aise.

—Vas-y, l'encouragea-t-il. Ce n'est pas loin.

Et elle le regarda avec tellement de reconnaissance – parce qu'il avait compris ce qu'elle voulait dire – que Mark dut encore détourner le regard.

David et lui l'observèrent pendant qu'elle descendait la légère pente, lentement, lentement, jusqu'à arriver sur le plat à environ trois mètres de l'eau. Elle n'alla pas plus loin mais resta là, et regarda autour d'elle.

Mark se tourna vers David. Son beau-père regardait sa mère. Plus encore qu'auparavant – mais d'une manière différente – Mark ne savait vraiment pas quoi lui dire. Il ne dit donc rien pendant un moment, mais regarda avec lui sa mère debout, la couverture enveloppant ses épaules, et le soleil tirant sur le doré, le rose et le lilas à travers les nuages amassés.

— Comment elle était ? demanda-t-il finalement.

— Quand ?

— Quand elle était plus jeune.

— La même que maintenant.

— Mais...

— Le temps ne veut rien dire, l'interrompit David.

Elle demeura ainsi jusqu'à ce que le soleil disparaisse, laissant derrière lui un fantôme, comme une chaleur persistant dans les nuages et dans l'air. Cinq minutes après qu'il eut glissé sous l'horizon, l'air commençait déjà à se refroidir nettement.

Elle se tenait encore là, comme une statue dans les derniers rayons d'une lumière déclinante.

Puis elle se mit à tousser.

Elle ne s'arrêtait pas.

Ensuite elle se courba, et commença à tomber.

Chapitre 21

Ils rentrèrent à la maison aussi vite qu'ils le purent. Puis Mark revint sur la plage pour prendre le panier et la couverture. Il dévala la place et la route comme si sa vitesse était ce qui pouvait faire la différence, comme si tout en découlait. Il enfourna les assiettes et les verres dans le panier aussi rapidement que possible sans rien casser, puis tenta de remonter la pente de galets au même pas. Mais ses pieds n'arrêtaient pas de glisser. Les pierres rechignaient à être foulées d'une autre manière que celle qui leur convenait. Ce fut seulement lorsqu'il tomba sur ses genoux pour la deuxième fois, pleurant de frustration et de désespoir, qu'il ralentit finalement. Il remonta péniblement la pente à une allure plus modérée en tenant la main-courante jusqu'à ce qu'il atteigne la promenade.

Quand il revint à la maison, sa mère toussait toujours : une toux affreuse, lâche, qui se résonnait dans toute la construction, comme si du verre pilé était déversé entre les murs. Mark courut à l'étage, puis dans son salon, mais elle n'était pas là.

Il regarda dans sa chambre et vit David dans la salle de bains, penché en avant, tenant la tête de sa mère entre ses mains.

Il recula. Il ne savait pas quoi faire dans cette pièce. Il savait qu'il n'y avait de place pour soutenir sa tête que pour une seule personne. Et celui qui s'en chargeait pouvait le faire mieux que lui.

Tandis qu'il quittait la pièce, David leva les yeux et remarqua sa présence. Mark ne parvint pas à lire quoi que ce soit sur son visage.

Il redescendit l'escalier jusqu'à sa chambre et l'arpenta, poings serrés, ne sachant pas quoi faire. Ne sachant pas quoi faire. Sachant qu'il devait faire quelque chose.

Mais ne sachant pas quoi faire.

Une heure plus tard, une voiture se gara devant la maison. Mark vit un homme en sortir et se dépêcher de monter l'escalier qui menait à la porte. Il entendit la sonnette et David descendit. Puis une conversation étouffée, avant que les deux hommes montent à l'étage de sa mère.

Mark savait qui était cet homme.

C'était le docteur.

Il n'était venu là qu'une seule fois, plusieurs semaines auparavant. Il était arrivé à cette occasion avec une voix puissante et un sourire de professionnel, puis il s'était assis pour parler avec la mère de Mark et avec David. Il avait quitté la maison en ayant l'air de quelqu'un dont les meilleurs efforts avaient été repoussés. Ce soir-là, la mère de Mark avait été d'une extrême bonne humeur.

Mais maintenant, il ne pouvait être là que parce que les choses avaient tellement empiré que les règles avaient été modifiées, et qu'une volonté farouche n'était plus suffisante. Mark comprit de quoi il retournait… que ce n'était pas David qui avait fait des histoires, mais sa mère qui avait été obstinée. La grosse voiture noire dans laquelle le docteur était arrivé ne ressemblait pas à un véhicule dispensant la bonne santé, ou qui venait sauver qui que ce soit. Elle ressemblait à un corbillard. Elle attendait dehors comme une chose venue pour vous emmener au Mordor [1], ou vers un lieu encore plus éloigné et bien pire. Mark eut une vision fugace de sa mère sur un brancard noir, descendue en hâte dans l'escalier, lui faisant un signe tandis qu'elle était transportée, et qui l'appelait par son nom. Le brancard se pliait ensuite en deux à l'extérieur, avec elle toujours dedans, tandis qu'un assistant quelconque ouvrait la porte arrière de la voiture du docteur, laissant les ombres à l'intérieur sortir pour l'accueillir, et la caresser pendant qu'elle était enfournée à l'intérieur. Il voyait la voiture ronronner doucement le long de la route jusque dans les ténèbres. Les vitres étaient suffisamment épaisses pour étouffer les cris.

1. Référence au roman *Le Seigneur des Anneaux* de J.R.R. Tolkien.

Cela ne se passerait pas comme ça, mais ça y ressemblerait.

Il entendit trois voix à l'étage, en grande conversation, seulement interrompues par des quintes de toux de plus en plus fréquentes, et par l'autre bruit, encore plus horrible. Puis le silence, avant qu'un seul pas dévale brusquement les marches.

Lorsque le docteur sortit de la maison, il était au téléphone. Il parlait à ses confrères, Mark le savait. Même si, pour le moment, il regagnait la voiture sans sa proie, la position de ses épaules indiquait que l'heure était arrivée. Qu'il avait gagné.

Tout ce que Mark aurait dû sentir et comprendre auparavant vint le frapper d'un seul coup, et déchira son esprit. Il comprit que sa mère était malade depuis plus longtemps qu'il le pensait. Que son père avait quitté une femme malade pour s'en aller vivre dans un autre quartier de Londres, avec une femme qui n'était pas son épouse, et qui n'était pas malade. Il comprit que, pendant ces dernières années, sa mère avait sans doute échangé des lettres avec quelqu'un – quelqu'un qui avait autrefois été son ami, qui avait embarqué pour un travail qui s'était éternisé, et qui avait passé tout ce temps à le regretter. Il comprit que les décisions de sa mère, et sa manière d'être au cours des dernières semaines et des derniers mois, n'avaient rien à voir avec le fait de vouloir le contrarier, ou de plaire à son nouveau mari. Elles impliquaient une vision du monde expurgée de toute consolation vague, qui s'était faite extrêmement lucide : une vision acérée, déversant une étrange lumière noire dans chaque recoin. Et qui vous démontrait, au final, à quel point tout était question d'équilibre à trouver, et qu'il en avait toujours été ainsi. On avance à travers le temps, de plus en plus vite, jusqu'à parvenir à un précipice : on sait qu'il se trouve devant, quelque part, mais on ne le voit jamais avant qu'il soit trop tard.

Il comprit alors que lorsqu'on se trouvait dans la situation de sa mère, un hôpital n'était pas un endroit rempli de lumières colorées : c'était un édifice empli d'ombres, dont on arpenterait les couloirs longs et obscurs jusqu'à se perdre à la vue des autres.

Il n'appréhendait pas encore toutes ces choses clairement. Il ne pouvait pas non plus les transcrire en mots exprimables. Mais tandis qu'il était assis devant la fenêtre et qu'il regardait la voiture noire s'éloigner, les chemins de la compréhension se traçaient dans son esprit : ces tristes allées, plus tard dans sa vie, donneraient forme aux routes par lesquelles il comprendrait le monde et ses coutumes.

Venues d'un endroit si profondément enfoui en lui qu'il n'en soupçonnait même pas l'existence, les larmes montèrent.

Et il pleura, et pleura encore.

Les larmes venaient par vagues, mais elles ne s'arrêtaient pas. Il ne savait même plus l'heure qu'il était. Il devait être 19 heures passées, peut-être 20 heures. Mais David avait raison : quand les choses s'écroulaient vraiment, le temps n'avait en soi plus beaucoup d'importance.

Il parcourut encore la moitié du chemin jusqu'à sa porte : il voulait monter à l'étage et être avec sa mère. Mais il fut de nouveau stoppé dans son élan par les quintes de toux là-haut. Elles semblaient de plus en plus fortes à chaque crise, comme si, ne lui parvenant pas à travers le plafond, elles résonnaient un peu dans chaque mur.

Il ne pouvait pas supporter de l'entendre tousser de cette façon : c'était comme si quelque chose se déchirait en elle. Il savait maintenant ce que cela signifiait, il n'avait pas besoin de voir ça en personne. Il préférerait regarder vers les ténèbres. C'était la même chose, mais ça ne faisait pas aussi mal.

Il recula vers la fenêtre en titubant, à peine capable de voir à travers la fraîche cascade de larmes. Son estomac se contractait, il était à bout de souffle, desséché. Et pourtant il pleurait, encore et toujours. Il regarda vers le parc, essayant d'imaginer qu'un jour, il pourrait ne plus ressentir tout ça.

Deux personnes se tenaient dans la rue. L'une était grande, l'autre petite.

Mark cligna des yeux et tenta de stopper ses larmes. Les silhouettes avaient quelque chose de familier.

Il frotta rapidement ses yeux avec le dos de sa main. Sa vue demeurait trouble, mais il pouvait voir que la grande silhouette était un homme, et qu'il portait un costume cintré noir. La petite silhouette était une femme, en tablier blanc. C'étaient M. Maynard et Mme Wallis.

Comment pouvaient-ils être dehors ?

Rapidement, Mark s'essuya les yeux encore une fois. Ils se tenaient de l'autre côté de la rue, près de la haie, et ils discutaient de manière impérieuse. Pourtant, ils n'avaient pas l'air de se battre : plutôt comme s'ils étaient réunis par une affaire commune qui nécessitait une résolution rapide.

M. Maynard hocha la tête, acquiesçant soudain. Mme Wallis fit de même. Puis ils tournèrent tous les deux la tête, et levèrent les yeux vers la fenêtre.

Mark cligna des yeux ; et ils étaient partis. La rue était vide.

Il se tenait toujours à la fenêtre, immobile et perplexe, lorsqu'il entendit la sonnette de l'entrée retentir. Il ne pouvait pas imaginer ce qui se passait, et qui pouvait bien être à la porte.

Il entendit David descendre, et la porte s'ouvrir. Une conversation douce et calme.

Puis un coup sur la porte de sa chambre.

Lorsqu'il ouvrit, David se tenait là. Son beau-père avait l'air épuisé, les yeux grands ouverts et inexpressifs.

— Il y a quelqu'un pour toi, annonça-t-il.

Il recula pour s'écarter du chemin. Mark sortit lentement de sa chambre.

La vieille dame du sous-sol se tenait dans l'encadrement de la porte de la maison.

— Je me demandais si tu pouvais descendre, proposa-t-elle. J'ai acheté un certain gâteau dont je crois que tu es devenu amateur.

Sans en prendre consciemment la décision, Mark se vit la suivre à l'extérieur, ses pas posés dans les siens. Il était arrivé à mi-chemin du trottoir lorsque son beau-père l'appela.

— Mark.

Mark se tourna pour regarder David, qui se tenait toujours dans le couloir.

— Est-ce qu'il y a quelque chose que tu puisses faire ?

— Je ne sais pas, répondit Mark.

Il sentit David regarder en lui comme personne, mis à part sa mère, ne l'avait jamais fait auparavant. Son beau-père hocha la tête une fois.

— Fais-le, conclut-il.

Et il ferma lentement la porte.

Chapitre 22

La vieille dame descendit l'escalier métallique, ouvrit la porte et le laissa entrer, tout ça sans dire un mot, jusqu'à ce qu'ils arrivent dans sa chambre, où il faisait aussi chaud que d'habitude. Le réveil tiquetait si fort que Mark pouvait en ressentir le son dans sa poitrine. Il regarda sur la table. Aucune assiette n'y avait été posée. Ni de sac en papier brun.

— Un petit bobard, avoua-t-elle. Il n'y a pas de gâteau.

— Mais que…

— Tu n'en auras pas besoin ce soir. Je pense que tu te rappelles où est gardée la clé ?

Il la regarda, se sentant à la fois pris sur le fait et effrayé. Le regard de la vieille dame était franc, et direct. Il comprit confusément qu'elle avait toujours su, et qu'elle n'avait pas laissé sa porte ouverte la veille par accident. Que lorsqu'elle avait dit que quelqu'un devait regarder les étourneaux, elle ne s'était pas moquée de lui.

Il resta pourtant figé, sans savoir quoi faire.

— Vas-y, dit-elle en allant à la gazinière. Je mets l'eau à chauffer.

Il prit la clé.

Il constata d'abord que le couloir derrière la grande porte était dans un état encore pire que ce dont il se souvenait. Il lui fut difficile de fermer la porte derrière lui : les amas de cendre sur le sol étaient si épais, et tellement hauts. Mais il s'appuya contre elle de tout son poids et poussa. Puis elle fut soudain fermée.

Il fit quelques pas hésitants en direction de la cuisine, ne sachant plus quoi faire maintenant qu'il était là. Une chose au moins avait changé. Même si l'air était toujours lourd, et trop chaud, et qu'on pouvait partout sentir cette puanteur maladive, le terrible grondement tourbillonnant de la dernière fois avait, lui, cessé. Il y avait bien un fond sonore mais il s'agissait maintenant d'une sorte de bruit sourd et bas. Un « tonc-tonc-tonc » faible, espacé d'environ une seconde entre chaque battement. Mark songea que ce son avait peut-être toujours été là, occulté par d'autres bruits.

— Ah-ah, tonna une voix triomphalement.

Et Mark se retrouva soudain tiré vers l'avant.

Il leva les yeux pour constater que M. Maynard était sorti de nulle part. Il agrippait Mark par l'épaule et le conduisait vers le bout du passage.

— Que c'est opportun !

Le majordome rayonnait.

— Je suis ravi que notre associée ait été capable de vous attirer ici-bas parmi nous… un excellent revers de fortune. J'hésite à solliciter une fois de plus vos bons services, Maître Mark, vous avez été d'une précieuse assistance la dernière fois que vous avez honoré nos appartements, mais peut-être que… ?

Il s'arrêta, la tête inclinée vers celle de Mark. Puis il planta son regard dans le sien.

— Pourriez-vous seulement nous accorder un petit peu de votre temps ?

Mark cligna des yeux. Acquiesça.

— Merveilleux, dit M. Maynard, l'air d'un coq dont le chant aurait récemment gagné une récompense internationale majeure. Donc si vous voulez bien me suivre, je vous prie…

Avec son épaule toujours fermement enserrée dans la main osseuse du majordome, Mark n'eut pas à faire grand-chose pour le suivre. Il fut entraîné au trot jusqu'à la cuisine, puis soudain soumis à une brusque halte.

Même s'il n'y avait pas de cendre et si les cloches étaient silencieuses, cette pièce se trouvait elle aussi dans un état pire que jamais : elle était couverte de crasse figée, de neige noire, et de graisse sanglante coagulée. Les éviers et les plans de travail croulaient sous les plats et les casseroles, qui semblaient avoir contenu des préparations bien moins appétissantes que de la vraie nourriture. Le sol n'était plus qu'un lointain souvenir. L'odeur s'échappant de la réserve de viande et de la laiterie était à proprement parler scandaleuse.

Trois personnes se tenaient dans la pièce.

Martha, devant ses fourneaux. À proximité de l'un des éviers, la femme de plonge en gris. Et du côté des escaliers de service, Emily. Toutes se tenaient bien droites, fièrement, les mains à hauteur de ceinture, même si elles piétinaient toutes dans de la saleté jusqu'à hauteur de cuisse.

— Bonsoir, Maître Mark, firent-elles en chœur.

— Bonsoir, effectivement, reprit une autre voix.

Mme Wallis entra d'un air affairé par le couloir arrière, frottant ses mains l'une contre l'autre. Elle se posta face au majordome.

— Monsieur Maynard, dit-elle en souriant à moitié. J'espère que vous allez bien.

— Parfaitement. Et comment cette soirée vous trouve-t-elle, madame Wallis ?

— Je ne me suis jamais sentie mieux.

— Excellent, excellent.

Il se tourna vers Mark, une expression maintenant sérieuse sur le visage.

— À présent, Maître Mark, je vais être clair. À cause d'une série d'événements et d'incompréhensions – avec lesquels je ne vais pas vous ennuyer – nous nous retrouvons un peu en dessous de tout. Peut-être avez-vous déjà perçu quelque chose de la sorte. Vous avez su prouver votre vivacité d'esprit…

— Eh bien…, hésita Mark avant de simplement hausser de nouveau les épaules. Vous savez…

— Effectivement. Maintenant. Il a été porté à notre attention que vous étiez une jeune personne usant de ses pieds avec une grande habileté. Pas seulement que vous parcouriez de grandes distances, mais aussi que vous vous teniez sur une petite planche équipée de roues, et que pourtant vous ne tombiez pas à longueur de temps. Est-ce vrai ?

— Je suppose, répondit Mark en fronçant les sourcils.

— Je le crois. Notre informatrice ne nous laisse jamais tomber.

— C'est une belle maison, dit Mme Wallis avec une fierté évidente et profonde. Et elle possède une bonne équipe. Un majordome, une gouvernante, une cuisinière, une femme de chambre et une plongeuse, comme vous le savez. Mais quelque chose nous a toujours manqué. Monsieur Maynard, êtes-vous d'accord ?

— Sans aucun doute, acquiesça M. Maynard en hochant vigoureusement la tête. Et ce quelque chose, Maître Mark, c'est un valet de pied : quelqu'un d'adroit avec ses pieds. Et maintenant, ce soir – par un magnifique coup du destin – il semblerait qu'une telle personne se soit présentée à nous. Juste au moment où nous sommes dans la plus grande nécessité !

— Nous aiderez-vous ? demanda Mme Wallis. Ce soir ?

— Avec quoi ? demanda Mark.

Le battement grave dans le fond semblait s'amplifier. Les trois femmes dans la cuisine restaient absolument immobiles, comme des statues à l'évidente prestance.

Mme Wallis inclina sa tête en direction du majordome.

— Monsieur Maynard, seriez-vous assez aimable… ?

M. Maynard se mit à tourner autour de Mark, les mains serrées derrière le dos, pas du tout incommodé par le magma gluant d'un mètre de profondeur dans lequel il progressait. Dans le même temps, il récita, rapidement et de mémoire :

— Pour commencer, réveil des domestiques à 5 h 45. Un appel pour réveiller monsieur et madame à 6 h 45 – suivi par le thé, apporté dans leurs chambres à 7 h 25. Petit déjeuner des domestiques à 8 heures dans les quartiers ; puis pour la famille, à l'étage dans le petit salon à 9 h 15. Le repas des domestiques à 12 heures, déjeuner dans le petit salon à 13 h 15. Thé dans l'atelier de dessin à 16 h 30, dîner à 19 h 15, souper des domestiques ici-bas à 20 h 30. Thé ou souper dans l'atelier de dessin à l'étage entre 21 h 30 et 22 h 30, en fonction des activités sociales de la maisonnée, naturellement, puis fermeture des portes aux alentours de 1 heure.

— La colonne vertébrale de la journée, agréa

Mme Wallis. Ce sont les basiques. Mais rajouté à cela…

— … il y aura les livraisons, poursuivit M. Maynard. Un flot de garçons venus de chez les pourvoyeurs locaux, sonnant constamment à la porte de Mme Wallis, à qui l'on demande de ranger les produits aux endroits appropriés. Chaque repas achevé doit être nettoyé, chaque plat et chaque assiette lavés et empilés, prêts pour le prochain assaut des talents de Martha. Le ménage, naturellement, est pendant ce temps requis ailleurs dans la maison. Chaque miroir, chaque poignée de porte, chaque pied de meuble requièrent de l'attention, chaque jour. Les programmes de travail additionnel de Mme Wallis doivent être exécutés tous les deux ou trois après-midi. Les cheminées doivent être récurées chaque matin. Il y aura des télégrammes, et des livraisons postales tout au long de la journée, qui nécessiteront une distribution immédiate et une possible réponse urgente. Sans mentionner les autres visiteurs, les visiteurs privés, à la maison. Beaucoup d'entre eux doivent être accueillis, bien entendu, et pourvus en rafraîchissements complémentaires. Mais il y en a d'autres, Maître Mark, qui doivent être repoussés. Comprenez-vous ce que j'entends par cela ?

— Oui, dit Mark en pensant à une voiture noire dans la rue sous sa fenêtre, une voiture qui venait pour emporter les gens.

— Je m'en doutais.

M. Maynard arrêta de marcher et se tourna vers Mme Wallis.

— Il est sage, n'est-ce pas, pour quelqu'un de si jeune ?

— Extrêmement sage.

M. Maynard et Mme Wallis reculèrent tous les deux d'un pas, jusqu'à se tenir en ligne avec les autres, mains également serrées à la taille. Cinq personnes en position, prêtes.

— Mon jeune monsieur, vous joindrez-vous à nous ? demanda la gouvernante.

— Vous tiendrez-vous épaule contre épaule avec nous autres domestiques, ce soir ? ajouta le majordome. Et nous aiderez-vous à faire ce qui doit être fait ?

— D'accord, répondit Mark.

Chapitre 23

Tout à coup, tout le monde fut en mouvement.

Martha se pencha et, d'un balayage de son imposant avant-bras, nettoya la table de la cuisine, envoyant la cendre, l'épaisse bouillie noire et les os de poulet gris atterrir en vrac sur le sol. Mme Wallis disparut dans le couloir, appelée par la première livraison de nourriture commandée pour remplacer celle qui s'était gâtée. Emily se fraya un chemin à travers la cendre et grimpa les escaliers de service en trottinant, en réponse à une unique sonnerie de l'une des cloches. La femme de plonge fila droit vers le fond de la cuisine, remonta ses manches et commença à faire bouillir de l'eau.

M. Maynard entraîna Mark à travers cette soudaine fourmilière, l'aidant à pousser du pied les tas de déchets sur le sol. Il évoqua rapidement avec Mark le nettoyage des chaussures, l'attention à porter aux bougies et aux lampes à huile dans toute la maison, le nettoyage quotidien des lunettes, et le polissage des meubles dans les pièces publiques.

Concernant les tâches d'un valet de pied en bas de l'escalier, il expliqua que si le majordome était responsable de toute la verrerie, il était du devoir de Mark de surveiller les couteaux. Emily, la femme de chambre, serait en charge de la porcelaine – quand elle reviendrait après avoir fait le ménage dans les étages – et la femme de plonge des plats et des casseroles.

Il y avait encore beaucoup d'informations – beaucoup plus – mais à mi-chemin de les avoir dispensées, le majordome s'arrêta, et jeta un coup d'œil alentour. Il secoua la tête, comme s'il venait juste de remarquer le véritable état de la cuisine.

— Mais d'abord..., dit-il.

— Un nettoyage de printemps ? tenta timidement Mark.

Le majordome lui répondit par un sourire chaleureux.

— Précisément, s'exclama-t-il.

Il prit une brosse – en donna une autre à Mark – et ils commencèrent chacun à un bout de la pièce. Pendant ce temps, Martha alluma les fourneaux et, après quelques grondements et sifflements préliminaires, ils se mirent à luire. Étrangement, cela ne semblait pas réchauffer la cuisine. Si... quelque chose, l'air commençait à s'éclaircir. Et tandis que la cuisinière faisait glisser son doigt sur la longue liste des plats devant être préparés, hochant la tête et marmonnant pour elle-même, la femme de plonge surgit avec une serpillière trempée d'eau chaude. Elle nettoya minutieusement la table de la cuisine, maintenant prête pour l'ouvrage, et retira jusqu'au dernier fragment de cendre et de gras.

— Merci trésor, dit Martha d'un air absent tandis qu'elle commençait à tirer vers elle les ingrédients et les plats d'un peu partout.

Elle jeta un coup d'œil à M. Maynard qui balayait, et Mark la vit hausser un sourcil : comme si elle n'avait jamais vu le majordome engagé dans quelque chose de plus vil que sa propre tâche. Puis elle se mit à cuisiner pour de bon.

Mark s'était demandé comment ils étaient censés se débarrasser de tout le bazar sur le sol, surtout parce que le pousser d'un endroit à un autre signifiait qu'on en avait simplement deux fois plus au nouvel emplacement. Mais il comprit bientôt que quelque chose de bizarre se produisait. Tandis qu'il imitait les gestes de M. Maynard, il découvrit que lorsque les détritus avaient été brossés une fois et demie dans la cuisine, ils disparaissaient tout simplement.

Ce qui lui était d'abord apparu comme une tâche impossible à exécuter commençait maintenant à lui sembler faisable. Et il travailla de plus en plus vite, se dérobant lorsque cela était nécessaire pour ne pas se trouver dans le chemin du majordome ; et aussi pour éviter Martha, qui tempêtait avec une résolution et une rapidité croissantes dans la cuisine, attrapant ceci dans la réserve de viande, et cela dans la laiterie, aboyant en même temps ses instructions à la femme de plonge. Alors que Mark et le majordome continuaient à balayer et à brosser, Emily surgit de l'escalier de service avec un grand plateau, qu'elle plaça avec ce qu'il restait à nettoyer. Puis elle retroussa aussi ses manches, recula juste à temps pour laisser la plongeuse déverser, dans un grand éclaboussement, de l'eau chaude dans l'évier, et s'attaqua à la pile de vaisselle.

Mme Wallis entra à grands pas, transportant un cageot de légumes : l'odeur des carottes fraîches tranchait agréablement avec celle, diffuse, de la saleté et de la crasse.

La plongeuse remplit un seau d'eau savonneuse, attrapa une nouvelle serpillière et commença à s'attaquer aux murs.

Et même si les cloches s'étaient mises à sonner doucement sur le mur, leur timbre était maintenant clair et pur.

Ils balayèrent, et ils brossèrent, et on fit bouillir plus d'eau, et les empilements de casseroles et de plats cliquetèrent, et glissèrent, et furent nettoyés. Davantage de nourriture arrivait, était déballée et empilée. Et lorsque les cloches tombaient dans le silence pendant de brefs interludes bénis, la cuisine résonnait alors au rythme de la porcelaine fine, lavée puis rangée méticuleusement sur les étagères.

À peine était-elle là un instant qu'elle repartait déjà pour un nouveau service, déposée sur un plateau et dépêchée en haut à mesure qu'un nouveau thé, déjeuner, dîner ou petit déjeuner finissait d'être préparé. Les odeurs de cuisine basculaient doucement de la pourriture aigre et acide vers d'autres fumets : la crème anglaise faite maison, à base de crème, d'œuf et de vanille, le délicieux bacon grillé, l'effluve du raifort fraîchement coupé, et les petits plats de marmelade à l'orange de Martha… et toutes se fondaient en une seule. Parfois, M. Maynard brossait du côté de Mark. D'autres fois il disparaissait pour s'occuper du maître de maison, ou pour accueillir des visiteurs à la porte d'en haut, ou pour s'assurer autrement de la bonne fluidité du flux complexe des entrées et des sorties, comme il le disait, régissant la vie à l'étage. Mme Wallis était aussi en perpétuel mouvement : elle valsait de l'intérieur à l'extérieur de la cuisine, et le long du passage, et en haut, se concertant avec Martha, donnant des instructions à Emily, tirant progressivement l'ordre du chaos, et anticipant d'une longueur d'avance les besoins chaque fois qu'ils se présentaient. Mark se déplaçait aisément parmi eux : il allait là où on lui disait d'aller et faisait ce qui était demandé, comme tous le faisaient, sans tenir compte pour cette fois des rôles conventionnels. Tous les domestiques brossaient, allaient quérir, séchaient et empilaient, et nettoyaient, et polissaient, et frottaient, et sortaient, et transportaient. Lorsque Mark fit finalement demi-tour vers la cuisine et s'aperçut qu'il n'y avait plus rien à frotter avec sa brosse, il saisit la serpillière jetée par la femme de plonge et se joignit à elle tandis qu'elle lavait et récurait, attaquant la poussière, la suie et la saleté sur les murs, sur le sol, révélant les vitres, les peintures et le bois. Parfois, M. Maynard travaillait à ses côtés, parfois c'était Mme Wallis, et quelquefois Emily. Au centre, Martha tourbillonnait, et se pliait – son visage était de nouveau rose et entier maintenant – et le fourneau chantait, et chauffait, et cuisinait. Le son des cloches n'arrivait plus comme une interruption mais comme une ponctuation, vertèbre le long de la colonne vertébrale de la journée, et même si le battement d'ailes augmentait en intensité, il en venait à sonner comme une inspiration et une expiration, de plus en plus fortes, et synchrones avec le rythme de la vie qui gisait sous l'ensemble. En seulement quelques heures, la cuisine était redevenue celle que Mark avait vue auparavant, lors de sa visite clandestine initiale dans ces quartiers.

Et après ?

Ils ne s'arrêtèrent pas une fois l'ordre restauré – une fois la cuisine, les réserves, les passages et le salon des domestiques de nouveau propres. Ce n'était pas suffisant. Ce n'était que le début. Maintenant que les rails avaient été posés de nouveau, et que tout marchait normalement, ils pouvaient encore accélérer.

À présent, la machine était vraiment en mesure de tourner à sa véritable cadence.

Les murs passèrent du noir au marron, puis du marron au crème. Les sols étincelaient. L'air se fit vif, clair et doux. Tous les sons provenant des appartements des domestiques commencèrent à se fondre en un seul, comme le battement de cœur d'un gigantesque moteur. Ils allaient tous de plus en plus vite, remontant le couloir de haut en bas, entrant et sortant des pièces, fléchissant, allant chercher, ramenant, se déplaçant si rapidement que quelquefois ils semblaient être dix ici-bas, ou quinze. Mitonnant, nettoyant, préparant, déblayant. Accomplissant des tâches qui étaient toujours les mêmes, quelquefois différentes, qui changeaient avec les saisons, avec les époques, avec la vie menée. La lumière n'avait plus l'air d'être chaude ou dévoyée, maintenant, ou même grise. Le crème vira au blanc, et tout se mit à briller comme s'il y avait un soleil à l'intérieur. La lumière devint si brillante, de fait, que par instants Mark dut se protéger les yeux. Il commença même à ne plus être certain de ce qu'il voyait…

Cela ne pouvait pourtant pas en être arrivé au point que la maison ne soit plus là, par exemple, et que Mark se retrouve à descendre une douce pente boisée menant à une falaise basse, à l'endroit où aurait dû se trouver la promenade. Pas non plus au point qu'il puisse, pendant un temps, entendre le vacarme de gigantesques bombardiers qui passaient en grondant au-dessus de lui, et les explosions sourdes qu'ils produisaient en déchargeant leur contenu sur les rues à proximité. Il n'aurait pas non plus dû pouvoir entendre les rires et les cris des travailleurs tirant leurs bateaux remplis de poisson sur la plage de galets, vers un petit village aux rues étroites et torves – pas plus que l'écho lointain d'un orchestre et le claquement des talons sur le parquet d'un thé dansant, au loin, au-dessus de la mer –, ou être en mesure d'entrevoir une haute tour inclinée faite de verre et d'acier, culminant gracieusement dans le ciel à l'endroit où l'embarcadère Ouest avait autrefois rencontré la terre, et duquel de petits vaisseaux argentés – rapides, silencieux et constellés de lumières bleues – s'élançaient maintenant en direction de l'Europe ou de l'Australie, ou vers encore plus loin. Il n'aurait certainement pas dû pouvoir non plus se tenir là tout en sachant que quelque part dans le monde, une femme partageait une maison avec lui, et avec leurs deux filles aux cheveux roux ; pas plus qu'il n'aurait dû pouvoir se souvenir du rire tonitruant d'une femme, alors âgée de vingt ans, dont le souvenir avait été suffisamment puissant pour hanter les nuits et les rêves d'un homme, seul aux États-Unis, effectuant un travail qu'il avait fini par détester.

Tout lui vint d'un coup, uni et indivisible par les années. Sur la fin, Mark eut l'impression de courir dans un endroit où il n'y avait ni mur, ni plafond, ni sol, ni limite. Le bruissement rassurant des uniformes et le rythme de la marche cadencée l'enveloppaient, et des hommes de dévouement le dépassaient en hâte. Ils se déplaçaient en prenant des raccourcis, et gagnaient du temps pour accomplir ce qui devait l'être. Ils n'étaient pas libres comme nous le sommes aujourd'hui, et ils ne vivaient pas d'une manière qu'ils avaient choisie, mais ils s'y conformaient pourtant du mieux qu'ils pouvaient. Ils étaient en vie. Ils méritaient la terre qu'ils avaient reprise.

Mark courait avec Emily, acheminant les plateaux le long des passages ; il vérifiait les bouteilles dans l'office avec M. Maynard ; il soupesait les pots de beurre et les côtes d'agneau pour Mme Wallis ; il lavait et frottait en compagnie d'une fille habillée en gris, dont le nom n'avait jamais été mentionné, et qui n'avait jamais pensé à le lui dire parce que, d'habitude, personne ne voulait le connaître. Il fit toutes ces choses les unes après les autres, et toutes en même temps, puis il fit d'autres choses, et il recommença. Même lorsque tout fut propre, que toutes les demandes eurent été anticipées, que tout fut à sa place et que l'on ne put même pas trouver un seul grain de poussière, ils continuèrent à courir et à danser les uns autour des autres, tous au service d'une même cause, et Mark courut et dansa avec eux, ses pieds battant le même rythme, toujours croissant, jusqu'à ce que…

Soudain, tout fut plongé dans l'obscurité.

Il fut si surpris qu'il glissa avant de s'écraser contre un mur. Quand il se hissa sur ses pieds, la tête résonnant encore à cause de la collision, il vit qu'il était seul dans un couloir sombre, que tout était parti et que le monde était immobile.

Bon, pas totalement parti, et pas vraiment immobile.

Tout était là, mais comme lors de sa toute première visite. Vide, oublié, calme, excepté le bruit d'un pigeon solitaire dans le coin, une lumière grise filtrant à travers les carreaux cassés au bout. Les poussières des ans étaient suspendues dans l'air, et les vitres brisées gisaient de nouveau sous ses pieds.

Les choses étaient ainsi, mais elles ne l'étaient pas non plus.

Tout continuait à bouger, comme une énorme cloche qui aurait été frappée des heures ou des années auparavant – dont le son se serait évanoui sous le seuil de l'audible mais qui vibrait encore après coup. Les voix étaient toujours là, c'était juste qu'on ne pouvait plus vraiment les entendre. Les gens, affairés, bougeaient toujours autour de lui : ils ne pouvaient simplement plus être vus. Le moteur continuait à tourner, encore.

Il ne s'arrêterait plus à présent.

Mark verrouilla la grande porte derrière lui en quittant les quartiers des domestiques, et se faufila dans la chambre de la vieille dame.

Elle était assise dans sa chaise, endormie, mais une tasse de thé l'attendait sur la table. Elle était froide. Cette fois-ci, le monde extérieur avait avancé lui aussi. Ou peut-être que c'était comme s'il avait été jeté d'un manège : on aurait très bien pu être hier, ou demain, ou n'importe quand entre les deux. Il n'était probablement pas important de savoir laquelle de ces possibilités était la bonne. S'il y en avait seulement une.

Il but tout de même le thé, puis il sortit.

La nuit était déjà bien avancée, et Brighton était vide. Il n'y avait personne sur la place : pas de voiture sur la route, personne en train de faire un petit tour sur la promenade. Mark descendit jusqu'au front de mer et se tint près du banc couvert, regardant l'aube s'élever doucement au-dessus de la mer. Il se sentait en même temps entouré et rempli, comme s'il était à la fois l'océan et ses propres poissons ; comme s'il était tous les gens qui avaient déjà arpenté le front de mer, et les pavés en pierre sous leurs pieds. Il lui fut difficile de percevoir les limites entre lui et les autres choses, entre maintenant et après, entre oui et non.

Il n'éprouva plus jamais cette sensation de toute sa vie mais, pendant un bref instant, plus aucune de ces distinctions, ni toutes les autres, ne signifia quoi que ce soit.

Finalement, il se rendit compte que quelqu'un promenait maintenant son chien vers l'océan, que la rumeur du trafic s'était réveillée et que, là-haut dans le ciel, il arrivait à voir une traînée de vapeur.

Il se rendit aussi compte qu'il était si fatigué qu'il pouvait à peine tenir debout, et qu'il avait froid. Et qu'il avait besoin de rentrer à la maison.

La maison était silencieuse lorsqu'il s'y glissa. Il monta droit à l'étage de sa mère.

Son salon ressemblait à un tableau dans un musée. Ses coussins sur le sofa, une couverture sur la chaise, un magazine ouvert. Pendant un instant, il crut sentir une présence bouger derrière lui, peut-être plus d'une seule, mais lorsqu'il se retourna, il n'y avait personne.

Il se rendit dans la chambre. Sa mère gisait, immobile, les yeux fermés : une ligne droite au milieu de son lit. Ses cheveux étaient répandus sur l'oreiller, son visage tourné vers le ciel.

David était endormi, affalé dans la chaise à côté de son lit. Il avait l'air plus jeune que Mark lui-même lorsqu'il s'était regardé dans le miroir, ce matin-là.

Mark retourna dans le salon et tira l'une des chaises à l'intérieur. Pendant qu'il s'y asseyait, David se réveilla. Il regarda Mark, mais garda le silence.

Puis ils restèrent assis, tous les deux, et attendirent de voir si la mère de Mark respirerait de nouveau. Ce fut à la fois une attente courte et longue… et Mark savait qu'ils n'étaient pas seuls à surveiller.

Finalement, et tout d'un coup, elle ouvrit les yeux.

Chapitre 24

Deux semaines plus tard, au milieu de l'après-midi. Le père de Mark s'éloignait du *Point de Rencontre* en direction de la voiture qu'il avait garée sur le front de mer. Mark, resté assis, salua en retour lorsque son père lui fit signe. Puis il attendit que la voiture rouge rejoigne le trafic et disparaisse sur la route.

Il resta un moment à la table, observant les mouettes opportunistes descendre en piqué pour voler des morceaux de nourriture aux gens, avant de récupérer sa planche sur l'une des autres chaises et de reprendre son chemin le long de la promenade.

Il roula sans se presser, tranquillement. Il dépassa quelques stands qui vendaient des livres d'occasion, des tee-shirts, et des photographies de l'embarcadère Ouest tel qu'il avait été autrefois. Il passa devant la piscine et le terrain de jeu, refuge éternel des gardiennes de troupeaux d'enfants, réunies en petits groupes fatigués et méfiants. Occupées à siroter du café, elles supervisaient mollement leur progéniture qui construisait des châteaux de sable instables et glissait prudemment sur des toboggans.

Il passa également devant le terrain de skateboard. Il zigzagua alentour pendant un temps, en grandes boucles lentes, mais il ne s'arrêta pas. Il ne ressentait plus le besoin urgent de rejoindre les autres enfants qui s'envolaient pour retomber ici, même s'il regardait la position de leurs pieds pour comprendre certains de leurs trucs. À la sortie de la section suivante, il fit tournoyer la planche sous lui, juste une fois. Il n'avait plus besoin de rampe pour le faire, et peina à se souvenir pourquoi il avait un jour trouvé ça difficile.

Parfois les choses changent, et c'est bien. On va d'un endroit à un autre, on devient différent de la personne qu'on était. Parfois le fait que les choses cessent a un sens. La fin signifie un nouveau commencement.

Et finalement, il était doué avec ses pieds.

—Je sais que tu as dit que tu devais rattraper le temps perdu, s'exclama une voix sur un ton scandalisé. Mais… les deux ?

Mark sourit pour lui-même. Il se tenait à faible distance de *La Boule de la Sorcière*, dans les Passages : il tuait le temps en regardant une vitrine pleine de chapeaux. La voix continua sur sa lancée en se rapprochant, mais Mark savait que David n'était pas aussi fâché qu'il en avait l'air.

Il se tourna pour voir son beau-père et sa mère se diriger vers lui. David portait un cadre emballé sous chaque bras. La mère de Mark marchait toujours beaucoup moins vite qu'avant, mais elle semblait aller de mieux en mieux chaque jour. David disait que d'ici deux semaines, elle serait capable de faire tout le chemin d'ici à la maison dans les deux sens, au lieu de faire seulement le retour. Mark le croyait. Elle était comme ça.

— Hé, dit-elle. Comment s'est passée ta journée ?

— Bien. Je ne suis pas tombé une seule fois sur le chemin.

— Et…

— C'était bien, répondit Mark, sachant ce qu'elle voulait vraiment dire par là.

Sa mère les avait laissés, lui et son père, au *Point de Rencontre*, après qu'ils eurent déjeuné tous les trois ensemble. Elle avait pris un taxi pour rejoindre David en ville. Mark supposait que, pour David, ce matin avait dû sembler bizarre, même si son beau-père n'en avait rien laissé paraître.

David – Mark venait de s'en rendre compte – était comme ça.

Ils flânèrent lentement à travers les allées entortillées, suivant la vieille pente de la terre de magasin en magasin, en descendant vers le front de mer. David erra un moment à l'écart, laissant à Mark le soin de soutenir sa mère, d'être la personne sur laquelle elle s'appuyait l'espace d'un instant.

C'est alors qu'ils dépassèrent l'angle qui offrait la première vue ininterrompue de la mer. Mark sentit sa mère se redresser légèrement.

— J'aime bien ici, dit-elle.

Ils firent une pause à mi-chemin de la maison, et ils s'assirent à la terrasse d'un café presque au pied du vieil embarcadère Ouest, juste au moment où la lumière commençait à changer.

— Alors, demanda la mère de Mark. Qu'est-ce qu'on mange ce soir ? Ton cœur penche-t-il en faveur de quelques-uns de ces rouleaux de printemps ?

Mark y songea un instant.

— En fait..., dit-il timidement.

Il avait l'impression d'être sur le point de suggérer qu'en des circonstances particulières, le monde pouvait tout simplement se retrouver à l'envers.

— J'ai peut-être simplement eu suffisamment de nourriture chinoise pour l'instant.

Elle le regarda. Pendant un moment, il crut voir son menton trembler, et ses yeux un peu gonflés. Mais elle se mit ensuite à sourire.

— Tu sais quoi ? reprit-elle. Tu as peut-être raison.

— J'ai entendu dire de bonnes choses sur le Mexicain, dit Mark tandis que David revenait avec deux cafés et un thé.

Sa mère leva les yeux au ciel.

— Mon Dieu, se lamenta-t-elle. Si vous commencez

à vous liguer contre moi, je suis vraiment fichue.

— Ça n'arrivera jamais, dit David.

— Même pas en un million d'années, acquiesça Mark.

Un peu plus tard, alors que sa mère et David étaient toujours assis à parler, Mark descendit sur la plage et admira quelque temps les vestiges de l'embarcadère Ouest.

Il prit conscience que si on ne pouvait plus s'y promener, cela garantissait au moins qu'il était protégé de la terre et des personnes qui auraient pu l'abîmer. Il pensa que c'était peut-être ce que l'on pouvait faire de mieux avec ses souvenirs, et avec la manière dont les choses s'étaient déroulées. Vous ne pouviez pas espérer vous y promener de nouveau.

La plupart du temps.

Tandis qu'il regardait, les étourneaux s'envolèrent vers l'extrémité de l'embarcadère. Ils filèrent pour rejoindre un nuage d'oiseaux – qui montait en piqué, et d'un côté, et de l'autre, et en arrière – en constant mouvement, toujours changeant, imprévisible mais uni comme un seul corps. Ils continuèrent ainsi jusqu'au crépuscule, même si l'embarcadère ne leur procurait plus aucun abri, et qu'il n'était plus leur maison. Le rassemblement grandissait de plus en plus, se déplaçant comme une fumée liquide au-dessus de l'eau, suivant un modèle que seuls les oiseaux – et peut-être même pas eux – connaissaient. Comme s'ils étaient au service de quelque chose qu'ils ne comprenaient pas plus que Mark. Ils faisaient simplement ce qu'ils avaient à faire. Ils étaient comme l'ombre de Dieu.

Mark pensa que le lendemain il pourrait acheter une part de rocher au *Point de Rencontre*, et aller rendre visite à la vieille dame en bas. Cela faisait quelques jours qu'il ne s'y était pas arrêté. Il était certain que tout tournerait gentiment au ralenti, mais il n'y aurait aucun mal à s'en assurer. Un jour prochain, il pensait même pouvoir demander à David de descendre avec lui, histoire de lui montrer quelque chose qui pourrait le surprendre. David, après tout, avait lui aussi des tâches particulières à accomplir. Il avait un rôle dans l'ordre des choses. Il travaillait également pour la maison.

Derrière lui, Mark entendit sa mère rire.

Achevé d'imprimer en février 2009
Par CPI Brodard & Taupin - La Flèche (France)
N° d'impression : 50500
Dépôt légal : février 2009
Imprimé en France
81120098-1